すぎうらとしはる

1990年の恋

Lovers in 1990

*この作品はフィクションです。

第一章　尾張の夏物語

七月

一九九〇年七月。わたしは二十九歳と一月。四月に正社員になったばかりだ。

温水プールや夏期になるとオープンする屋外のプールの管理監視業務が主な仕事だ。正社員になった理由はよく憶えていない。バイトの期間がそこそこ長かったのと馴染みの人間も多かったこと、そろそろどこかに落ち着かなくちゃ、なんて思ったのかも知れない。正社員になればプールをまかされることもあって、仕事上の楽しみを期待したのかもしれない。とにかく短パンを履いて、若いやつに紛れることを選択したのだ。

しかし、ほんの数ヶ月の間に生涯忘れ得ないような夏の物語を経験したのだ。

大学を卒業して、特にあてもないまま、オープンしたばかりの刈谷市にあるウォーターパレスKCにバイトとして入った。正式名称は刈谷知立環境組合余熱ホール。クリーンセンターの焼却余熱を利用した温水プール施設であり、一九八七年五月に開館した。長さ一二〇メートルの流水プールや競泳プールを備え、画期的な施設であった。時代はバブルに突入しつつあり、こうした施設が受け入れられる土壌もできつつあったのだ。

わたしが面接を受けた時にはもうすでに何人かアルバイトに入っていて、オープン前の準備をしていた。市はこの施設を民間委託していて、わたしはその委託された会社からアルバイトとして雇われた。アルバイトは学生が多く、二十六歳になろうとしていたわたしは年長者だった。

勤めてみたら案外面白い。学生時代の延長だ。年長者ということもあって、皆、わりと気を遣ってくれる。休憩時間に自由に泳げることも楽しみだ。学生生活からは離れてしまったが、自由な時間は続いている。ここならしばらく続けられる。そう思ったものだ。

なんだかんだ三年間過ごしてしまった。バイトしながら、劇団に入って、演劇活動をしたり、暇を見つけては車やバイクでいろいろなところに行った。特に将来への当てもないまま二十九歳になってしまった。

　折しもあちこちにこうした温水プールができつつあった。だいたいが行政からの委託で民間の会社がその管理を請け負う。まだそうした会社はほとんどなく、わたしが入社した会社は、その業務を独占的に担っていた。

　正社員になったからといって、特に業務が変わったわけではないのだが、各プール施設の管理のために異動がついて回る。早々、辞令が出た。

　六月の下旬にわたしはその職場を離れ、夏期にオープンする屋外プールの管理のため、一宮市にアパートを借りた。会社が借りていた物件にそのまま転がり込んだのだ。アパートには珍しく有線放送が敷かれていた。気分は悪くない。いろいろな音楽に囲まれて生活できる。単身者向けの二ＬＤＫは狭すぎず広すぎず丁度良い。一宮の市街地から離れていて、こちらの拠点になっている一宮の温水プールの近くだ。車があればどこへでも行ける。少々田舎の方が居心地が良い。二、三日、一宮の温水プールで過ごした後、今度の職場である美和町の町民プールに向かう。美和町の社会教育課長と主任と面談する。やたら持ち上げられてなんだか薄気味悪くなる。どこからかやってきた異邦人のように得体の知れない人物に映るのか、とりあえずなんだかんだ持ち上げられる。こちらも相当緊張しているので、こんな褒め殺しが丁度良い。

いきなり細かいことを言われたら、不慣れなサラリーマンとしては露骨に不機嫌な顔をしていただろう。

次の日からはバイトの面接だ。ここで思わぬことが起こった。小中学校の同級生が死んだのだ。

現実のこととは思えなかった。

「人は死ぬのか」

特に仲が良かったわけではなく、どちらかというと変わり者の印象だった。しかし、変わり者の彼は変わり者の人生を全うするものだと思っていた。

通夜にも葬儀にも行けない。もうこちらの仕事が動き出しているからだ。

人の死に予定調和などないのだな。

翌日、わたしは仕事を終え、地元に戻り、彼の自宅に伺った。お姉さんが出てきて、遺影の前に案内してくれた。彼の家は名古屋から引っ越してきていた。父親の名古屋の会社が郊外に工場をつくることになり、それに伴って、ここに引っ越してきたのだ。誕生日会を企画したのも彼の家が最初だった。誕生日の子の家に皆、プレゼントを持ち寄って、食事をしたり、ゲームをしたりして楽しく過ごすのだ。こうした発想は田舎の子にはない。田舎の親は終始働き詰めで、子どものために時間をとって、しかも人を集めて何かするという発想に至らない。しかし、これはヒットした。瞬く間に町じゅうに広まった。彼のおかげだ。そんな彼が死んだ。そんな素敵な企画をした家が沈んでいる。

お姉さんの表情からは特に感情が読み取れない。あまりのことに感情の細胞が停止してしまったのか。親父さんもおふくろさんも姿を現さなかった。彼の家にはほんの数分しかいなかった。小中学校とずっと同じ時間を過ごしてきたのに、死んでしまったら、話すこともない。お姉さんに丁寧にお辞儀をして彼の家を後にした。

初夏のからっとした日だった。

この日はもうひとつ衝撃的なことがあった。面接で内田ミサエに出会ったのだ。色の白い二十代半ばくらいのぴちぴちした女の子だ。白いブラウスがとても良く似合う。気がついたら自然に話していた。そんなに話し込んだ記憶はないのだが、もう次の日には車で家に送っていった。

ミサエの住まいは名鉄津島線藤浪[ii]駅の近くだった。この辺りはまったくはじめてのはずなのに、そんな気がしない。闇が闇でないような、不思議な色彩を感じる。

遠くから聞こえない音がする。まだ見えない潮騒に心が躍るようだ。

アパートに帰って有線放送を聞く。いつもならシティポップ系の軽やかに聴けるチャンネルを選ぶのだが、その日は少し違った。リクエストをすると数曲後に聴きたい曲がかかる。「なごり雪」をリクエストした。この日は誰が何と言おうと「なごり雪」だ。落ちては溶ける雪を見ていた自分に気持ちを投影させるのだ。これは別れの曲ではない。自分の気持ちを奮い立たせる曲なのだ。その後、時間をおいてもう一度リクエストした。さすがに二回目はかかるのにかなり時間がかかった。それでいい。朝まで時間はたっぷりある。アパートの窓から外を見る。「ここからじゃ、何も見えないな」と言った『竜二』[iii]の金子正次のセリフを思い出した。

次の日は昼からの出勤だったので朝はゆっくり起きた。もう一宮のプールに行く必要はない。

アパートから西尾張中央道を通って、直接、美和町民プールに向かう。

平日の昼間。まだ夏休み前なので閑散としている。こんな日に誰が来るのだろうか。むしろ営業する必要があるのだろうか。プールの周りをぐるりと一周してみる。周りは田圃でのどかな風景が広がる。隣は野球場になっている。ここに町のスポーツ施設が集まっているのだろう。子どもたちにとっては憧れの場所に違いない。

ホースでプールサイドに水を流し、デッキブラシをかける。秋から春にかけての汚れがこびりついている。監視員にとって一番のどかな時期だ。アルバイトはシフトで入る。まだほんの数人。ミサエもいる。何を考えているのだろう。色の白い静かな横顔からは感情が読み取れない。

「雨が上がったから、歩いて帰ります」

今日はやんわり断られた。

「ちぇっ」誰に言うともなく、一人でプールを眺めていた。開館時間は六時まで。七月の六時はまだ明るい。まだ今日を締めくくるのはもったいない。何かをはじめてもまだ間に合う。

そのまま一時間くらい、夏の風に身を任す。

プールを施錠して、一宮の温水プールに向かう。朝は遅くて良い代わりに帰りはここに寄ることになっていた。別に業務報告書を提出するわけではないのだが、社員の取り決めとでも言うべきか、一応勤務時間は決まっている。

西尾張中央道は南北を貫く大通りでいろいろな店が軒を並べている。飲食に困ることはない。自分が舌鼓をしている姿を想像するだけで楽しい。ミサエとどこかの店に入ることがあるのだろうか。自分一人で入る店とミサエと入る店を選別している自分が可笑しい。

アパートに帰るとサッカーのワールドカップがやっていた。もう準決勝か。アルゼンチンＶ

Ｓイタリア。イタリアは開催国なので、ボルテージは最高潮。しかし、マラドーナがここで消えてしまうわけにはいかない。ＰＫでアルゼンチン勝利。スーパースターってのはシナリオがあるのかな。

一人で一宮のアパートに寝転んでぼんやり考える時間は悪くない。今の自分の年齢とこの茫洋とした定まらない時間が妙に合っている気がした。


ミサエとは次の日からいつも一緒に帰るようになった。

出会って最初の週末。今日は一宮のプールに寄らずに二人で「すかいらーく」に入った。

「今日は楽しかったよ」

「あたしも」

「そんな風に見えないだろうけどすごく動揺しているんだよ」

精一杯気持ちを伝えた。言葉にして少し落ちついた。

どうやって帰ったのか憶えていない。

不思議だ。はじめて会った気がしない。あの藤浪駅近くの風景も含めて、いつか来た気がする。それもあっという間に通り過ぎたような記憶。

　次の日はバイトの歓迎会だ。津島にある「レストラン天王」はいかにも郊外型で昔風のファミリーレストランだ。こうしたレストランは大勢で集まるように設計されている。わたしを含め八名が一緒になってささやかな宴に興じる。まだ皆、それぞれが会ったばかりでそれとなく緊張感を漂わせている。これから夏の間、一緒に働く仲間だ。ほとんどが大学生だ。この夏の日に彼らがどんな経験をして人生の思い出づくりをしてくれるのか。一応、とりまとめる立場として、そんな偉そうな思いもよぎる。宴が終わり、ミサエともう一人の女の子を送っていく。もう一人の女の子はよく気のつく情の深そうな子だ。保育関係の学校に通っていて、卒業後は保育士になるようだ。その子を送り届けミサエと二人になった。

「昨日は眠れたの」

「眠れるわけないでしょ。朝五時くらいに目が醒めたわ。なんか夢を見ているみたいだった」

「見合いなんか止めろよ」

　ミサエは一人娘で婿養子を探していた。両親は家業の跡継ぎを考えているわけではないが、一人娘をやはり嫁には出したくないのだろう。

　会ってもいない両親の顔が浮かんでくる。親というのはそういうものだ。もっともだ。もっともだけど、嫌だ。見合いなんか駄目だ。そんなの嫌だ。

そんなことを考えていたら、いつも送り届ける場所に着いてしまった。ミサエは自宅に向かう闇夜に消えていく。大通りからは、ミサエが家に入っていく姿は見えない。この子は本当に存在しているのだろうか、夢の中の闇ではないのか。いつも不思議な思いがする。

そうか、今日は七夕か。


屋外のプールは夕方六時で閉まるので、毎日がデートだ。

「好きだよ……初めてこんなこと言っちゃった」可憐な横顔はまんざら冗談でもなさそうだ。

ミサエの家の近くにカラオケ喫茶があった。深夜までやっている。もう、いい大人だから親も何も言わないのか。カラオケの後、江南まで『バック・トゥ・ザ・フューチャー3』を観に行った。

「触ったらいかんよ」

ミサエは真っ直ぐ前を見ている。気のせいか。目元が光っていたように見えた。もう一度確かめる勇気はなかった。それ以降は映画がまったく頭に入らなくなった。「バック・トゥ・ザ・フューチャー」のシリーズは全て観ているはずだ。もっと気楽に観られると思ったのに。

こういう予定調和のなさを受け入れるのには時間がかかる。すぐに受け入れる勇気はない。涙なんか何故なのだ。ただあくびをしただけではないのか。きっとそうだ。しかし、それを確かめる術はない。もう左側を向くことは無理だ。今日はもう駄目だ。よそう。今日だけはこのまどこでもドアで帰ってほしい。『バック・トゥ・ザ・フューチャー3』はとんでもない映画になってしまった。

ミサエと出会ったことに驚きはなく、どこか淡々としている自分がいる。それでいてトキメキは現実的なのだ。通り過ぎる光景があたかも予定されていたような感覚。自分の人生が、絵巻物のように一定の感覚で進んでいくことが当たり前のようだ。

今日はミサエが休みだ。美和町の町民プールの勤務を終えた後、古巣のウォーターパレスKCに向かう。久し振りに仲間に会って、軽い食事会をする。

「打率はどんなもんですか？」

なんだ、打率って？　旧知の岩田は苦笑いしている。

「杉森さん、また帰って来たいって言うよ」

どういう意味だ？

「バイトがたくさん入りましたよ」

岩田はニヤニヤしている。不思議と何を言われても腹が立たない。岩田はサラダ油のようだ。

「激食いしましょうか？」

「いいよ」

岩田はお好み焼き屋に連れていってくれた。激食いで何でお好み焼きなのかわからない。

「パフェ食べましょう」

「ここはお好み焼き屋だろう」

「ありますよ」

岩田はメニューを指さす。おまえみたいなでたらめな店だな、とは言わなかったが、何でもいい。

「杉森さんがいなくなって女の子が寂しそうですよ」

なんでこんなところでパフェを食べるのだ。しかも、ゴッ盛りのフルーツパフェなんか食べやがって。

「ほんとかい？」

岩田は返事をしない。ゴッ盛りパフェに夢中だ。

「おまえ、最近太っていないか?」

「変わらないですよ」

岩田はわたしにずっと敬語を使うので、わたしが普通に話していても、乱暴なものの言い方をしているような気がしてしまう。実際に年下のはずだ。何度も年齢を聞いたことがあるが、憶えていない。

「良く来るのか?」

「いえ、はじめてです」

「よくお好み焼き屋にパフェがあることを知っていたな」

「看板に書いてあるんですよ。『パフェのあるお好み焼き屋』って」

「えっ?」

本当に書いてあった。

「もう閉店だろう」

「深夜二時までやっていますよ」

「えっ?パフェが」

「まぁ、お好み焼き屋ですから」

こんなくだらない話をしていても、仕方がないと思いながら、「誰が寂しそうだって?」

「聡美ですよ」

岩田は女子大生の子の名前を出した。少し気怠い感じのする芯のしっかりした子だ。

「聡美が? あいつは付き合っているやついるんだろう」

「関係ないですよ」

こいつの言っていることは、どこまでが本当かわからない。しかし、「パフェのあるお好み焼屋」は本当だ。「せんだみつお」というコメディアンがいた。千に三つしか本当のことを言わないから、そんな芸名になったそうだ。岩田も〝せんみつ〟かもしれない。三つのうちの一つが「パフェのあるお好み焼屋」だ。

「杉森さん、もう目をつけたって噂ですよ」

相変わらず、目を合わせない。これもせんみつだ。いや、せんみつではない方だ。

「誰?」

「知らないですよ」

岩田は苦笑した。さすがにイラッとした。ふざけるな、おまえなんかに何がわかる。この幸せな時間をおまえなんかに壊されてたまるか。大体、何でこんな夜中にパフェなんか食っているのだ。

「聡美か」

「聡美はここの子じゃないですか。美和町ですよ」

「誰のことだよ」

「知らないですよ。杉森さんならそうなんじゃないですか」

目を合わせろよ。

「すみません、フルーツパフェください」

パフェ食ってやる。


「レストランわんだふる」は西尾張中央道沿いにある庶民的なレストランだ。美和町の町民プールでの勤務を終え、ミサエとやって来た。

「そんなエッチなこと言う顔には見えないね。わたしも見えないけど。わたしも自分の顔に自信持ちたいな」嫌みにしか聞こえないけど、ミサエに言われると悪い気はしない。

出会って二週間が経ち、端から見れば普通の恋人同士に見えるだろう。しかし、まだ二週間なのか。もう十年も前から会っている気がする。この街もそうだ。三河と尾張は同じ愛知県でも文化が違っていて、どこかのんびりした三河に対して、こちらはどこか先鋭的だ。家康と信長の違いか。わたしには不思議とこの尾張の風土が合っている。呑気なわたしがこの土地に馴染むとは思わなかった。ミサエのせいかな。ミサエが尾張と三河を中和させているのかもしれない。

そして、いつものようにミサエを藤浪駅に向かう大通りで降ろす。

「ほら、そこがわたしの家」

と木造の二階建ての家を指す。ミサエの家は大通りの南側で、いつも裏口から入っていくのかと思っていたが、よく見ると細い道があって、木造二階建ての東側に正門があるようだ。闇に隠れて細い道に気づかなかったので、家の中に消えていくように見えたのだ。

なるほどと思ったが、ミサエは忽然と消えて家に入っていく方がふさわしい。その後ろ姿は人間の域を超えているかのように不可解に見える。一宮に帰りやすいよう大通りで降ろしていたのだが、南側の細い路地の方に回ったことはなかった。そうしていたら、細い道をとことこ帰る、ただの普通の女の子であったはずなのに、自分の次の行動のための導線がミサエの存在を混乱させていたのだ。しかし、結局、南側に回ることは一度もなかった。初めて会った気がしないのに、それを受け入れられないように感じるのも、こんなことが原因なのかもしれない。

しかし、闇夜に消えていくミサエはとびっきり美しいのだ。

次の日は仕事終わりに小牧の「サッポロ一番」に寄った。ミサエの家に帰るのには反対方向だが、夏の日の午後六時はまだ陽が高い。ラーメンを食べて、深夜にいつものように忽然と消えるミサエを見送った。初めてのキス。

アパートは一宮市の郊外にある。美和町のプールまでは車で二十分ほど、一宮の温水プールまでは五分とかからない。わたしの前は一宮の主任が職場と兼用していた部屋だ。有線放送は趣味なのか。わたしはミサエを車に待たせたまま一宮の温水プールに寄った。今日はまだ早い。郊外の夕焼けが綺麗だ。川べりのアパートにつくと指定の場所に車を停め、ミサエとアパートで過ごした。

「ほら、あの曲知らない？　♪あの人から言われたのよ～午前五時に駅で待てと～」

「『逃避行』[iv]だよ。なんでそんな歌知っているの？　もう十五年くらい前の歌だよ」

「好きだったのよ」

「好きな人が？」

ミサエは目を細めて笑った。

「わたしが」

こんな今時の女の子が十五年前の、しかも男と女の悲しい別れを歌った曲を知っていたことに驚いた。

わたしは不思議とこの歌がよく頭の中を回っていた。理由はわからない。まだ中学二年生だったし、それほど辛い別れを経験したわけでもない。多分、曲調が歌詞によく合っていて、日本人が普遍的にもっている浪花節的な調子があるのかもしれない。しかし、ミサエはその時、まだ小学校にも通っていないはずだ。なぜこんな歌を知っているのだろう。しかし、実は心底驚いているわけではなかった。頭の中を回っている意味を確かめさせてくれることが当然であるかのように。

「リクエストしていい？」

ミサエは受話器をとって、リクエストしている。

「慣れているな」

わたしは苦笑した。ミサエは笑っていない。受話器を置き、ミサエは『逃避行』を口ずさみ始めた。

「いい歌だよね」

ミサエは自分の世界で歌っている。

ミサエを引き寄せて抱きしめる。

「薄い目だね」

ミサエは恥ずかしそうに目を伏せる。

ここからじゃ何も見えないな。漆黒の闇に『逃避行』が流れてきた。


夏のプールは夏休みが近づきだんだん賑やかになってくる。ミサエが休憩時間を利用してプールに入ってきた。フリルのついた水玉の水着だ。

「こんな水着恥ずかしいよね」

わたしはまた苦笑した。似合わないわけではないが、確かに子どもの着るような色や柄だ。

「いいんじゃない」

決して無責任ではなく、本当にそう思ったのだ。ミサエはそのまま二十五メートルプールの方に行ってしまった。バイト仲間と何か話しているのが遠目に見える。わたしはミサエを受付専属にしてしまった。まったく問題はないのだが、何だかわたしが傍に置いておきたいためにそうしたように見える。実際その通りなのだが。他のバイトの子たちには多少の後ろめたさがある。ミサエは本当にそれで良かったのだろうか。ミサエは二十五メートルプールを顔をつけずにスイスイ泳いでいる。

「見ていた？」

「見ていたよ」

夏休みが近いとはいえ、屋外のプールなので、午後六時きっかりにクローズするのは変わらない。

「しあわせ」

受付専属は間違っていない。自分にそう言い聞かせた。

西尾張中央道を南に下って、金城埠頭から名港西大橋を渡る。県内でも屈指の夜景スポットだ。たまらない。この夜景の中にミサエといるのだ。

「コットンクラブ」はジャズのかかるアーリーアメリカンタイプの店で、映画にもなった有名なニューヨークの「コットンクラブ」を模したものだろう。普段はこうした店では食事は摂らないのだが、今日は奮発してフルコースだ。毎日が祝祭なのだ。

祝祭は続く。翌日、清洲方面へ向かう。

「そうか、やっぱり痩せた人が好きなのか」

「おれ、何も言っていないよ」

「この間、そう言っていた」

「言ってないって」

「いや、目が言っていた」

わたしは黙るしかなかった。ミサエは笑いをかみ殺している。

「ねえ、カッコイイおにいさん」

その時、後ろからサイレンの音が聞こえた。

「？」

車を寄せさせられ、パトカーから警察官が降りてきた。

「さっき信号が赤だったの気づかなかった？」

「ええ」

わたしは本当にそう思っていた。

「完全に赤だよ。あの交差点事故が多いんですよ」

「そうなんですか」

警察官はわたしがとぼけていると思ったらしい、少々乱暴な口調になってきた。

「免許証を持ってこちらに来て」

わたしはパトカーの後部座席に座らされ、尋問がはじまった。いろいろ細かいことまであれやこれや聞かれた。

「三河ナンバーだね」

三河ナンバーは運転が荒いことが全国的に知れ渡りはじめていた。そんなことを言ったつもりではなかったのだろうが、少しひっかかった。何しろ拘束されている身だ。些細なことが逮捕につながりかねない。用心深く、三河ナンバーだが、優しい運転をする人物を演じようとした。随分、時間がかかって解放された。前の違反があるので、これで免停になる。やれやれと思いながら車に戻る。

ミサエはそんなに不機嫌そうでもなかった。鼻歌を歌っている。何の歌だろう。聴いたことのない歌だ。

「どうだった?」

「信号無視だって。免停だよ」

「もう車乗れないの？」

「すぐじゃないけどね」

ミサエまで不貞腐れていたら居ても立ってもいられなかったろうが、自然にしていてくれることが救いだ。そのままミサエとドライブした。さすがに口数は少ない。

「このＢＩＧＩのポロシャツ、もらったんだよ」

「そうだと思った」

何が伝えたかったのだろう。自慢したかったわけじゃない。さすがにミサエにすまないと思ったのか。しかし、何故そんなことを言ったのだろう。今日はとてもギクシャクしている。わたしのせいだ。時間が経てば、免停など過ぎてしまうし、そんなことがあったのかと忘れてしまうだろう。ミサエのこともそうだろうか。それは嫌だ。免停と一緒にしないでくれ。とにかく言葉が出てこない。今日はもう終わりだ。はっきりしていることは明日から夏休みが始まるということだ。

小学生も少しずつ夏休みに向けて、華やいだ気分になっていたのだろうが、夏休みに突入するとまた違う。太陽に向かって顔をくしゃくしゃにしているようだ。朝から子どもたちがプールに向かって駆け込んでくる。

時間制限などない。疲れ切るまで泳げばいい。君たちのかけがえのない時間だ。思う存分、この瞬間を楽しめばいい。

わたしの子どもの頃は夏休みになると、学校のプールをほとんど毎日のように開放してくれた。一応、学区ごとに午前・午後と分かれている。別にどちらに行こうが、両方来ようがとやかく言う人はいない。途中、二回の休憩が入り、全員プールサイドにあがる。監視員は先生と六年生が交代でやっていた。休憩の前後は手に持った鐘を鳴らすのだが、それを皆がやりたがる。しかし、いざ鐘を鳴らすとあまりのけたたましさに気後れするのと、皆が一斉に指示に従うので恐怖を感じる。だから二回目をやりたがる子は稀だ。大体、先生の指名になる。こうして夏休みの子どもたちは真っ黒になる。

この時季の我が家の食卓は、毎日茄子のしょうゆ漬けだ。あっさりしていて美味しくて食べやすい。昼寝をして、またプールに行く。来る日も来る日もそんな毎日。お盆を過ぎると気候が変わるので、プールに来る子もぐっと減る。宿題もしなくてはならない。子どもも心にも実質の夏休みはお盆前までなのだ。

そんなことを思いながら、子どもたちのはしゃぐ様子を見ている。夏の日のこんな時間も悪くない。若くはないが、人生のやり直しがきかない年齢でもない。夏の陽射しが、わたしのそこはかとない希望を後押ししてくれる。人生はまんざら悪くない。二十五メートルプールに入れるのは小学校四年生からだ。三年生でも足が着く子は入っても良いことになっている。監視員の一番の仕事は溺死者を出さないことなので、そこだけは注視している。

昨日は珍しく帰宅したミサエから電話があった。二時間半も話した。お互いの気持ちを確かめ合いたかった。二時間半なんてあっという間だ。気持ちがぴたりと張り付いた感じがすると時間の経過がわからなくなる。どうやって受話器を置いたのかさえ憶えていない。今日の仕事終わりには「ロイヤルホスト」に行った。そこでシーフードカレーを食べる。昨日は一宮のカレーハウス「ＣｏＣｏ壱番屋」に行ったところだったが、またカレーが食べたくなった。ミサエはさすがにカレーは注文しなかった。

「シーフードが好きなの？」

「そう」

「昨日はビーフだったのに」

「安いから」

学生の頃から「ＣｏＣｏ壱番屋」にはよく行っていて、注文は大抵ビーフカレーだ。ビーフを安く食べられるのが最大の魅力だ。そんな習性が身についてしまった。食後、ミサエがアピタに寄りたいと言ったので一宮まで行った。アパートまですぐ近くだったが、さすがに今日は遅い。明日は日曜日だからお客さんでごった返す。そんなこともあって、そのままミサエを送り届ける。

次の日、ミサエから電話があった。胃が痛くて病院に行って来るとのこと。日曜日で開業しているところはないので、緊急の医療センターに行くとのこと。大丈夫かな。朝から町民プールはごったがえしていて、プールサイドも人で埋め尽くされている。水着の規制はないが、持ち込みの手荷物だけは大きさで制限している。休む間もなく監視業務と人の対応に追われて、ふと時計を見ると夕方の四時を過ぎている。まだ食事もしていない。ミサエのことも忘れてしまっていた。

帰りには久々に一宮の温水プールに寄る。温水プールも夏休み中の日曜日は凄い人出だったらしいが、夕刻を過ぎると人並みはパタリと途絶える。今は毎日来ている常連さんがひたむきに泳いでいるだけである。昔、刈谷のプールでバイトをしていた時の主任に会った。

「結婚のためにとりあえず社員になったとか」

それは違うが、あえて否定もしなかった。結婚は考えたことはなかった。今の自分の収入でやっていけるとは思わなかったし、何よりそんなことを考えたこともなかった。しかし、主任の言うように心の奥底では必要なことだと思っていたのかもしれない。

夜、ミサエから電話があった。

「なんでもなかったよ」

「よかった」

本当に良かった。忙しさに紛れて心配する労力を割けないでいたのが、いっぺんにミサエが心に覆い被さってきた。体の力がどっと抜け、そのまま寝た。


月曜日は町民プールの休館日だ。朝早くからミサエと一緒に尾西病院に検査に行く。昨日はあくまでも緊急の医療センターだったため、詳しく検査してもらう必要がある。予約もなしに来たので相当時間がかかる。それは承知の上だ。そんなことよりミサエが心配だ。時間なんかいくらかかってもいい。ずっと一緒にいた。わたしには最高の休日だ。

「わたし一人っ子だから、親は養子がいいって言っているの」

わたしは黙っていた。頭の中をすっと灰色の雲が横切った。

ミサエとの将来をわたしはまだ想像できない。ただ好きなだけだ。好きで好きで仕方がない。病院だろうが何だろうが一緒にいられればそれでいい。

長い時間をかけて検査は終わった。正式な結果は後日になるが、基本的には問題ないだろうということだった。昨日の話でそんなに深刻には考えていなかったが、医師の話を聞いて安堵した。

ミサエも安心したのか、子どものように無邪気だ。このあいだは「ロイヤルホスト」に行った。ならば今日は「デニーズ」だ。

木曽川べりの病院を出ると、

「今日は帰りたくないな」

ミサエは無邪気なままだった。結局、帰るのだけれども。

次の日の仕事終わりにミサエを乗せて刈谷のウォーターパレスKCに行った。バイトをしていた頃の元職場だ。ミサエがどうしても行きたいと言うのだ。美和町から刈谷までだいぶ距離があるが、そんなことは言っちゃいられない、とにかくミサエが行きたがっているのだ。元の職場にミサエを連れて行くのには抵抗がなかったとはいえないが、考えている暇はない。ぼやぼやしていたら閉まってしまう。無我夢中で刈谷まで飛ばした。

通い慣れた職場だ。建物の裏側の従業員用の駐車場に車を停める。一応、連絡はしておいたが、皆どんな顔をして迎えてくれるか。

「あっ、杉森さんだ！」

バイトの聡美が満面の笑顔で抱きついてくる。皆、笑顔だ。嫌われてはないようだ。

「美和町のバイトの子」

と言ってミサエを紹介する。ミサエははにかみながら挨拶する。皆、微笑んでいる。わたしたちの関係を穿って見ている者はいない。まるでヒーローの帰還だ。そのまましばらく歓談する。ミサエは監視員室から興味深そうにプールを見ている。結構、喜んでくれているようで安心した。しばらくして閉館時間になると、わたしとミサエは皆の片付けの邪魔にならないようにこっそり関係者通路から外に出た。

「どうだった？」

「大きいのね」

「ＫＣって刈谷、知立の略なんだ。大企業がいっぱいあって、お金持っているんだね」

実際、そうだった。余熱ホールの熱量で運営されているとはいえ、これだけ巨大で先進的な温水プールを建造して運営するのには、相当な財力がないと成り立たない。今、勤めている会社が委託されてプールの管理業務を取り仕切っているのだが、良いところに目をつけたものだと思う。これからこうした施設がますます増えていくことだろう。

プールの閉館時間を過ぎているので、もうすでに夜の八時をまわっている。どうせ今日は帰宅が深夜になるので、腹を括った。

車の助手席でミサエはとても穏やかな顔をしている。

「綺麗な瞳、透き通るような肌、外国人みたい」

「ミサエのこと?」

わたしは聞き返した。ミサエはわたしを見た。そういえばミサエはわたしを何と呼んでいただろう? 名前を呼ばれた記憶がない。人前で苗字を呼ぶのは確かに聞いたことはあった。しかし、二人きりの時、ミサエはわたしを何と呼んでいるのだろう。考えたこともなかったが、気になった。不思議な気がした。わたしたちの関係は一体何なんだろう。信号待ちで猫に聞いてみたくなった。

「今日は帰りたくないな」

ミサエは甘えた声をだした。結局、帰って行くのだけれど、そういう時は闇夜がキラキラ輝いて見える。

大体のデートコースは食事をして、お茶をする。今日は信州そばのチェーン店「サガミ」へ行く。わたしは、ここの四川風味噌煮込みがお気に入りだ。ピリ辛味噌が絶品なのだ。そして「コットンクラブ」へ行く。今日は食事の後なのでブレンドコーヒーを注文する。結局、朝から晩までずっとミサエと一緒にいる。出会って一ヶ月になろうとしているが、ほとんどの時間を共有している。そして、深夜にミサエの家の前まで送っていく。

「親は何も言わないの？」

「前に言ったじゃん」

「ん？　あっ、養子か」

ミサエはいたずらっぽく笑った。いつものようにミサエが消えていくのを見送った。ミサエはわたしとの結婚を真剣に考えているのだろうか。養子を望んでいるのはわかっている。他の選択肢はないのか。まだいろいろなことが整理できていない。ミサエを降ろしてそのまま西へ進み、藤浪駅でUターンする。今日はしばらくそこで停車していた。田舎に行くとどこにでもありそうな無人の駅舎が永遠に心にまとわりつくような気がした。あまりにも思い出が深すぎる。そのくせ何の変哲もなさげに過ぎていくのだ。

ミサエはいつもここからプールに向かう。どんな気持ちでここに来るのだろう。どんな気持ちで列車に揺られているのだろう。今日は特別な日だ。だから、とりわけ感傷的になっているのだろうか。

整理できないものは無理に整理しない。そんな人生観はご都合主義ではないか。シートを倒すとそのまま寝てしまいそうだ。寝たって構やしない。朝になればここにミサエがやって来るのだから。

「織部亭」は一宮のアパートの近く、名岐バイパスから少し奥に入ったところにある。和洋折衷の色とりどりの料理が味わえる。

ミサエとそのまま木曽川の河川敷に行き、花火を見た。

「明日は津島の天王祭よ。凄いのよ」

「へえ〜。見てみたいな」

「津島の天王祭は津島天王社のお祭で、川に船を浮かべて、時代絵巻きみたいなの。昔、津島は伊勢と尾張を舟でつないでいて、川の神様を崇めていたの」

ミサエがこんなに目を輝かせて話すのは珍しい。

「子どもの頃、連れて行ってもらったの」

ミサエの子どもの頃の思い出はどんなだったのだろう。その頃のミサエに会ってみたい。こんな風に甘えていたのだろうか。


宵闇の迫る頃、天王祭を見るために天王川公園の近くに行った。近くといっても周辺には近づけないので、辛うじて川に浮かぶ舟の見える位置にいた。

ミサエが言うだけのことはある。川に荘厳な舟が連なる様はまさに時代絵巻だ。こんな祭礼があったことに驚いた。ゆっくり堪能できる環境ではなかったが、この時代絵巻とミサエが居れば何も言うことはない。ここに来てよかった。ミサエに出会えてよかった。ミサエは子どものように目を輝かせている。子どもの頃のミサエに出会えていたら、こんな風に一緒に祭りを見ていたのだろうか。想像するだけで楽しい。ありがとう。

祭りの最中にわたしたちは天王川公園を離れ、一宮の「ブルームーン」に向かった。ミサエが行きたがっていたカフェ・スイーツの店だ。今日はミサエに感謝の日だ。

「あたしのこと好き？　ず〜っと好き？」

わたしは心の中で何度も頷いた。ミサエのように素直になれない。

ミサエはずっと子どものようだ。


木曽川周辺には風光明媚なところがたくさんあって、どこへ行っても見飽きない。津島から南西に行くと、木曽川、長良川、揖斐川が流れている。木曽川に立田大橋がかかり、長良川と揖斐川の中州に木曽三川公園がある。自然の理（ことわり）とはいえ、よくこのような地形が表出したものだと感嘆する。さらに西へ行くとR二五八が南北へ延び、自然の美しさを堪能できる。もちろんミサエに教えてもらったのだ。深夜まで徘徊し、「サガミ」津島店で定番の四川風味噌煮込みを食べる。

「あたしのこと好き？」

ミサエが聞くよりたくさん頷いている。言葉にするには照れ臭い。ミサエはどんなつもりで言っているのだろう。こんな風に考える自分は小さい人間だ。


毎日毎日ミサエといろいろなところに行った。知多半島まで足を伸ばし、野間の灯台を通り、

内海まで行った。決まってミサエは、

「あたしのこと好き？」

と聞くのだ。だんだん、その頻度が日に何度にもなってきた。

別れてからも電話がかかってくる。疎ましいわけではない。

ひと夏の恋の結末を予測しているのだろうか。九月になれば、プールは終わる。わたしたちはどうなるのだろう。だから
「あたしのこと好き？」

って、わたしたちはどうなるの？と聞いているような気もする。今日で七月も終わる。ミサエと出会って一ケ月。徒然（つれづれ）に綴っているひとつひとつのことが小説よりも濃密だ。しかし、これは現実なのだ。

八月

八月になった。夏のプールは真っ盛りだ。今日は仕事終わりにミサエを連れて名古屋の栄に

行く。わたしがコンタクトレンズの点検をしてもらうのについてきてもらったのだ。ミサエのお薦めの店「イエローオーカー」に行く。夜十時の閉店間際までいて、国道一号線から西尾張中央道に入る。西尾張中央道は走っていてホッとする。七月にはじめてここを通ったはずなのに何故かそんな気がしない。尾張を南北に結ぶ大動脈であるはずなのに、ところどころ田畑があり、三河の田園風景に似ているせいかもしれない。そして、「蛭間町新田」の交差点にさしかかるとわたしたちの一日はまとめに入る。もうここからはほんのわずかな時間しかない。

「わたしのこと好き？」

聞いているのではなく、言葉に出して自分の気持ちを確かめているのかもしれない。本当にそうなのだろうか、と。

ミサエは珍しく用事があるようで、今日は一人だ。仕事が終わり、十日ぶりに刈谷のウォーターパレスＫＣに行く。理恵が抱きついてくる。バイトの女の子で、わたしが今のプールに行く前から仲良くしている子だ。

「みんなが送別会をしてくれるんだって。杉森さんも来てよ。杉森さん、全然帰ってこないんだもん」

送別会？　こんな夏真っ盛りにプールを離れるということは何か決まったことがあるのだろうか。屈託のない理恵の細い体は若さに満ちている。これからの人生を生きていこうという弾力がある。まだ今のプールの仕事があるので送別会は無理だが、何かしてやらなくては、と思った。

夜は岩田と東刈谷にある「やきとり一心」に行く。週末ということもあって、結構賑わっている。岩田は向かいのアパートに住んでいるので、歩いて帰ることができる。胡椒のよく効いた手羽先が美味だ。そういえば岩田のアパートに行ったことがあるが、何もない部屋だった。岩田の出身地はどこだったたか、確か大阪だと言っていたはずだ。しかし、全然関西弁ではない。やはりせんみつだ。せんみつと部屋に何もないことと関係あるのかどうなのか知らないが、本当に何もない。いつでも夜逃げできるようにしているのかどうなのか、しかし、そんな腹の黒そうなやつには見えない。

「珍しいですね」

「何が？」

「ここに来るのは久し振りですよね」

この間ミサエを連れてきたのだけれど、岩田はいなかったのかな。こちらは周りを見渡す余裕などなかったので、岩田がいたかどうかまで覚えていない。

「理恵は何でやめるんだ？」

「いろいろあるんですよ」

その言い方が何か含みがあった。

「あの年頃はぼくらではわかりません」

岩田は確かわたしより年下のはずだ。顔の造作は良いのだが、印象が地味で大仏みたいだ。

「杉森さん、気に入っていましたよね」

ちょっとドキッとした。案外鋭い。

「こんな夏休みの忙しい時期に人が減って、仕事が回っていくのか」

「ええ、なんとかなります」

理恵の話題はこれきりになってしまった。

ミサエを連れてきた日に岩田はいたのだろうか。また気になった。

「週末はプールサイドが見えないくらいですよ」

もの凄い混雑ぶりはバイトをしていた時から知っている。ローテーションで休憩をとるのだが、終日とれない日もある。

「今でもそうか？」

「凄いです」

屋外のプールがオープンするとはいえ、夏になればプールはどこも同じか。一日が終了すると掃除をするのだが、更衣室などは異臭がする。忘れ物はいつも何かあり、ひどいときは散乱している。一番やっかいなのは、排水溝が髪の毛やゴミで詰まってほとんど流れないことだ。みんなこの異物を取り除く作業を嫌がるのだが、わたしは苦にならない。異物を取り除いた後、水がサァーと流れるのがたまらなく心地良いのだ。

まだ夏休みは始まったばかりだ。明日も早い。ここから一宮に帰らなくてはならない。適当なところで岩田と別れて車を走らせる。岩田は案外よく見ている。ミサエのことは敢えて口にしなかったのだろう。

週末のプールは凄い人出だ。息つく暇もない。それでも、帰りはいつもミサエとどこかへ行った。自然に呼吸するようなものだ。

そして、週末明けの月曜日、はじめて休みをとった。プールは営業しているので、係長にプール管理業務をお願いした。ミサエも一緒だった。

休みだと思った解放感からか珍しく寝坊してしまった。プールの鍵だけは開けなければならなかったので、遅れて出勤して少しバツが悪かった。係長にひとしきり説明して後はお願いした。

車に戻るとミサエが待ち構えていた。ふたりで朝から出かけるのは、ミサエと病院に行って以来だった。あの時とは気分が違う。今日は長島温泉に行こうと最初から決めていた。

美和町のプールから長島温泉はすぐ近くだった。西尾張中央道を南に下り、国道二十三号と交わる交差点を西へ行けば車で三十分ほどだ。ミサエもいつもと違う顔をしていた。昼間に会う時は仕事中なので、どこか余所行きの顔をしている。ところが今日は違う。子どものようにはしゃいでいる。こんなにキラキラしたミサエを朝から独占できるのだ。

「あたしのこと好き?」

呪文を唱えるようだ。しかし、この呪文はいつ聞いても悪い気はしない。特に今日は太陽の下、いつもの何倍も染み入る呪文なのだ。

色の白いミサエもこの一ヶ月で少し日焼けしている。ジャンボ海水プールに入り、遊園地に行く。ここは名だたる絶叫系マシーンの宝庫だ。苦手なわたしにミサエは付き合ってくれる。絶叫系の中でも一番子ども欺しのジェトコースターに乗ってくれた。わたしはこれでもう十分だ。日が暮れると花火が上がる。今日は静岡の田畑煙火が夜空を彩る。次々にいろんな趣向の花火があがる。ミサエはわたしにもたれかかるように見ている。どれくらいの時間なのだろう。永遠にこの時間が続けばいいと思った。最後はこの世の終わりかと見まがうばかりの大団円で終了する。あたりの静寂が祭りの後の寂しさを醸し出す。

ふいに休みをとったプールのことが頭を過った。事故もなく、無事に過ぎたのだろうか。仕事を押しつけてしまった係長に少し申し訳なく思った。そうか、長島温泉はミサエの家から気軽に遊びに行ける場所なのだ。ミサエはよくここに来ていたのかも知れない。わたしの知らないミサエがまだまだいる。ミサエの横顔は埋蔵金の宝庫なのだ。そんなことを考えていたら可笑しくなった。

「何?」

「なにも」

「わたしのこと好き?」

夜は夜で神秘的な、埋蔵金の扉を開けてくれそうな呪文に聞こえる。

サガミチェーンは深夜二時まで営業している。「サガミ」津島店に入り、定番の四川風味噌煮込みを食べる。ふとミサエの両親のことを思った。ミサエは毎日、何か言われてやしないか。

この間、聞いた時には適当にはぐらかされた。ミサエも結婚を考えているのだろうか。

　今日はよそう。ぱっと咲いてぱっと散る、打ち上げ花火のような青春の一ページでも良いのだ。


　それから三日後、ミサエとちょっとした諍いがあった。坂道を自転車で下っていると気持ちがいいが、あまり長く続くとどこかでブレーキをかけたくなる、そんな気持ちだ。あまりにも幸せすぎたのかもしれない。心のどこかでこんなことは長く続くことではないと思っていた。今日はそんな日だ。

　腹が立って仕方がない。ミサエへの愛情が同じくらいの勢いで逆流しているようだ。ミサエはいつもと同じだった。そんなに棘のあることを言った訳ではない。わたしのせいだ。わかっているけど、腹が立って仕方がない。

　今日はいつものようにミサエを送っていかなかった。町民プールからミサエがどうやって帰るのかわからない。行きは電車で来るのだから反対の導線を辿っていくだけなのだろうが、ミサエが夕闇に連れ去られてしまう。それでもいいのだと思っている自分がいる。その日はどこでどうしていたのか、どうやって帰ったのかも覚えていない。

次の日、ミサエはまたわたしのアパートに来た。昨日のことはお互いに何も言わなかった。お互いにというのはわたしの解釈で、勝手な一人相撲なのだから、ミサエは何も言いようがないのだろう。いつもように有線放送を聴いている。

「有線放送って録音できるんだね」

ミサエは機器のイヤホンジャックに目をとめた。

「そうだね。やったことないけど」

「あたしのこと好き?」

どんな下手な小説家だって、こんなベタなセリフを何度も書かないだろう。しかし、これは現実なのだ。しっかり受け止めなくてはならない。そういえば、ミサエに聞かれる度に、わたしはまともに返していない。それを上回るようなことを何かしなければ、といろんなことに頭をめぐらすのだが、直球を打ち返していない。ミサエはわたしのそんな振る舞いを母親のように包んでくれる。わたしは卑怯な人間だと思った。こんな人間はいつか破綻する。いや、そうなってほしい。

ミサエは今日は『逃避行』をリクエストしなかった。自分のアパートだが逃げ出したくなった。

　竜泉寺ウォーターパークは名古屋市郊外にある屋外プールだ。前年にオープンしたばかりで、基本的には夕方六時までの営業だが、土曜日はナイター営業で午前〇時までやっている。そこを狙ってやって来たわけだ。いろいろなプールやウォータースライダーがあり、退屈しない。夜遅くても、夏の夜は充分、水浴びに堪えられる。漆黒の闇の中に煌煌と明かりが灯り、まるで異界だ。しかし、そこに紛うことなきミサエがいる。この子は本当に地球上の生物なのだろうか。得体の知れない時がある。

「あたしで我慢しやあ」

と突然、活きのいい名古屋弁が聞こえた。ミサエが笑っている。周りの派手な水着に気を取られていたら、不意打ちを喰らった。ミサエは勝手に一番巨大なスライダーの方へ走って行った。わたしも遅れて後を追う。これは苦手だ。派手な水着に気を取られていた罰だ。わたしは腹をくくった。スライダーのてっぺんから目をつむっている。そのまま真っ逆さまに落ちるまでずっと目をつむったままだ。轟音と共に体が水中に沈むのがわかる。水中で薄目を開け、自分の居場所を確かめる。水面に出るまでに長い時間がかかったような気がする。とりあえず生きていて良かった。ミサエはどこだ。わたしより先に滑ったはずだ。ミサエがいない。しばらく途方に暮れていると、上からミサエが落ちてきた。かわいい水着が捲れそうだ。水から上がってきたミサエはチワワのようだ。

「恐くないのか？」

「気持ちいい」

「恐怖平気症か？」

わたしは訳の解らないことを言った。

「恐くないもの」

まともな答えだ。しかし、さすがにもう一度行こうとはしなかった。地球上の生物でいてくれて安心した。その後は流水プールで浮き輪につかまり、ぷかぷか浮かんでいた。そして、デッキチェアに横になり、ずっと喋っていた。さすがに閉館間際になると人はだいぶ減ってきた。こんな独占状態も悪くないが、明日のことを考えるとそろそろ楽しむ気にもならなくなった。異界も今日はお仕舞いなのだ。

次の日は少し遠出した。美和町民プールから立田(たつた)村を通って、員弁(いなべ)、北勢、藤原と抜け関ヶ原まで行く。そこからさらに伊吹山ロープウェイの入口付近までドライブする。夏とはいえ、さすがに真っ暗だし、薄気味悪い。ミサエに乗せられて肝試ししているみたいだ。

ここまで来たのはいいのだが、帰らなくてはいけない。今日は日曜日で来場者も過去最高だった。さすがに疲れている。ミサエといるといつも異界になる。はやく現実に戻さなくてはと思うのだ。どうやって帰ったのか覚えがないが、それでもちゃっかり深夜営業の中華料理「安興亭」に寄る。ここは西尾張中央道沿いにあり、入りやすいし、安くて美味しい。

しかし、最後の最後にトラブルがあった。伊吹山で見つけたカブトムシをわたしが逃がしてしまったのだ。ミサエは激高した。「もう帰る!」と譲らない。こんなところで帰すわけにはいかないので、家まで送っていくのだが、ずっと怒っている。自分の引け目からわたしは張り合う気力もなく、ミサエの怒りに気圧（けお）されている。藤浪駅近くの大通りまで来るとミサエはドアをバタンと開け閉めして帰ってしまう。今日はさすがに後ろ姿を見送る気もしない。

「何でこんなことで怒られなくちゃならないのだ」

まったく悪いことをした現実感がないだけに、ミサエの怒りが現実とは思えない。やはり異界の人か。しかし、現実に怒っているのだから、現実的な手立てを考えなければならない。しかし、原因が原因なだけに大人の思考にはならない。しかし、今日は疲れた。今日はもうよそう。アパートに帰ったら、Ｆ１グランプリ第十戦ハンガリーＧＰがやっていた。優勝はティエリー・ブーツェン。いつも上位を走っていて、「振り向けばブーツェン」という名語録も生まれている。そのブーツェンが珍しく優勝した。別にブーツェンを応援していたわけではないが、この朴訥としたドライバーがテレビに映る度に何故かホッとした。


八月十三日は迎え盆。ご先祖様が還ってこられるという日だ。

朝から気まずい思いで出勤したのだが、ミサエはあっけらかんとしている。何となくバツが悪そうにしているわたしに「あたしそんなに根にもたないから」

少しホッとした。それにしてもカブトムシ如きとタカをくっていた自分を恥じた。

迎え盆の日はさすがにミサエと一緒にはいられない。仕事が終わると真っ直ぐ安城の自宅まで直行した。お盆になると親族が集まるのだ。うちの親父は、こういう時はスキヤキを振る舞う。何とも楽しそうに鍋にはりついている。家は新家と言って、本屋から分家した家で、まだ両親、祖父母とも健在なのだが、こうしてお盆に親戚が集まることが習わしになっている。檀那寺にお墓の敷地だけは確保してある。今日から地元の小学校で青年団主催の盆踊りが開催される。皆でそこに行き、自分たちの地域の番になったら、盆踊りの輪に加わる。

どうしようかと迷ったが、朝が早いので、深夜に一宮のアパートに帰ることにする。ふとこの間、亡くなった友人のことが頭を過る。頭の良い彼だったが、少しずつ歯車が狂って、必死にそれを挽回しようとして、またその歯車がかみ合わず、彼の人生に終止符を打ってしまった。ほんの少し、そこに手を添えてくれる人がいたら、彼の人生も変わっていたのかもしれない。

彼がわたしの部屋のガラス戸を叩いて来てくれたことがある。自分の働いている会社が人手が足りないから、是非、来てほしいというようなことだったと思う。わたしが定職に就いていないことを知っていたのだろう。しかし、正直に言って、その時の態度がとても見下されているような感じがして、あまりいい気がしなかった。せっかくの話だが結果的に断ってしまった。彼はわたしのことを自分が紹介したのだと周囲に自慢気に話したかったのかもしれない。彼のそんな姿が想像できた。後ろ髪を引かれるようなところはあったが、何度、その場に居合わせても、わたしは彼の誘いを断っていたと思う。小学校の頃、彼のお誕生日会で歓待してくれた優しそうな家族の顔が浮かんだ。

お盆の屋外プールは多くの人で賑わっている。

ミサエとわたしの関係はとても落ち着いている。名古屋の「アネックス」に行く。一九八六年開業のこの商業施設は東急ハンズが入り、多くの若者で賑わっている。商品を見ているだけで楽しい。何だかいろんな人にじろじろ見られているような気がする。ミサエは爽やかな笑顔を振りまいている。私服を着て、スッと歩いている姿は目茶苦茶綺麗だ。

「あたしのこと好き？」

ミサエは振り向きざまに聞いてきた。この呪文に慣れることはない。聞く度に体の血が騒ぐ。そのままアパートに行き、有線放送を録音した。『逃避行』をリクエストしたのだ。何度も聞いていたが、録音するのは初めてだ。これで好きな時に『逃避行』が聴ける。ミサエとの約束事をひとつ果たした気がした。

送り盆はあっという間にやって来た。時間が過ぎるのがやたら早い。

三重、岐阜、ミサエとどこでも行く。夕方六時にプールが終わると、競走馬のゲートが開いてスタートダッシュするかのように美和町民プールを後にする。ここからは自由だ。どこへでも行ってやる。

車の窓を全開に開けると、ミサエのロングヘアーが風に靡く。栗毛のミサエの髪は細くてとても綺麗だ。時折、運転席のわたしの方に降りかかる。

ミサエはポーチュガルのコロンが好きだ。わたしは当然、毎日つけている。ミサエはポーチュガルをつけているのだろうか。少し違う気がする。たまに聞こうと思うのだが、すぐ忘れてしまう。地中海の強い日差しとやわらかな風がイメージだそうだ。まさに夏のプールにぴったりだ。

アパートに戻ると吉田久子から電話がかかってきた。今はウォーターパレスＫＣでアルバイトをしているはずだ。

「杉森さん、明日そこ行っていい？」

「えっ？」

「会社の事務所でしょ」

「だけど、住んでいるんだよ」

「いいよ。良子と行くから」

一方的にまくしたてて電話は切られた。困った。ミサエのことは知らないようだ。

「くまごろう」は県内に何店舗か展開するラーメン屋。まずは食事をしようということになって、吉田久子と友達の良子とやって来たのだ。ミサエに今日は用事がある旨を伝えたら、少し残念そうな顔をしたが、さっさと歩いて帰って行った。元気のいい二人はずっと喋っている。

「刈谷はどうなの？」

「みんな元気だよ。杉森さんが全然寄りつかないから、寂しがっているよ」

お世辞でも嬉しかった。少しミサエのことが気になった。明日は休みをとったから、今日のお詫びも兼ねてミサエと遠出しよう。吉田久子のことはキューちゃんと呼んでいる。キューちゃんと良子はわたしのアパートにやって来た。

勝手にズカズカ入ってくる。有線放送を見つけて、いろんなチャンネルに変えている。

「有線ってリクエストできるんだっけ？」

わたしは頷くと

「『浪漫飛行』がいいな」

「いいよ」

しかし、キューちゃんはリクエストしなかった。そして、またチャンネルを変えはじめた。

「ここって女の人、来ることあるの？」

「そりゃあ、事務所も兼ねているから、一宮の温水プールの人とか」

わたしは嘘をついた。キューちゃんはまんざら疑っている様子もない。

そういえば、ミサエといる時に会社の主任が尋ねてきたことがある。主任は合鍵を持っているから、鍵を開けて入ってこようとしたが、チェーンを掛けていて事なきを得た。その後、プールで会った時も特に疑っている様子もなかった。寝ていたとでも思ったのだろうか。ささやかな嘘の積み重ねで少々疲れてきた。ソファーに横になって、キューちゃんたちが好きなようにしているのを眺めていた。良子とは初対面だ。良子とキューちゃんはどういう友達なのだろう。聞けば教えてくれるだろうが、聞かなかった。わたしを第三者の目でチェックしにきたのだろうか。嘘の積み重ねは人を疑心暗鬼にさせる。

キューちゃんと良子は適当な時間で帰って行った。結局、『浪漫飛行』はリクエストしなかった。この曲とちびまる子ちゃんの主題歌はプールでしょっちゅうかかっている。そういえば、プールの音楽はどうやってかけているのだろう。わたしは全然携わったことがない。誰かがどこかで流しているのだろう。ひょっとして有線放送なのだろうか。こんな歌、カラオケで歌えるわけがない。「ちびまる子ちゃん」なら歌えるが。

ミサエは特に昨日のことは聞かなかった。今日は休みを取った。ミサエももちろん一緒だ。

わたしたちのことは完全にバレているだろうが、夏のプールは後十日だ。もうバレたっていい。ミサエを迎えに行き、一路、鳥羽へ。リアス式の美しい海岸をドライブして、鳥羽水族館に行くのだ。

ミサエは昨日、何をしていたのだろう。ミサエが歩いて帰る時の後ろ姿はいつも寂しい。駅までどうやって歩いて行くのだろう。一番近い駅は名鉄津島線の木田駅だ。そういえばプールから木田駅まで送っていったことがない。いつもミサエが歩いて行くというからだ。

「いいよ、送っていくよ」

と言ったこともない。ミサエはそう言ってほしかったのだろうか。物理的な距離では無く、何かわたしに求めていたのだろうか。助手席のミサエはとても楽しそうだ。寂しそうに歩いて行くミサエと同じ人とは思えない。

鳥羽までは随分、距離がある。それもここを選んだ理由なのだ。ミサエと遠くに行きたかったのだ。

助手席のミサエと寂しそうに歩いて行くミサエと、どちらが本当のミサエなのだろうか。鳥羽水族館の生き物たちは水槽の外から眺める人間を観察しているのだろう。歴史の浅い人間を陳腐な目で見ているかもしれない。悩める思考は文明を発達させるのには役立ったが、生きていく上で必要だったのだろうか。人間の存在が生物界の障害になっていやしないか。
晴天の下、一日中、歩き回った。さすがに疲れて、帰りの運転は危険だった。眠気醒ましにミサエが気を遣って喋っていてくれる。帰りにアパートに寄った。そのまま寝てしまいそうだったが、大事なシンデレラを路頭に迷わせてはならない。ミサエを送り届けた頃には日付が変わっていた。ミサエと一緒にいられるのは後十日だ。

珍しく主任から電話がかかってきた。先日のアパートにチェーンをかけていたことを何か言われるのかと思ったら、何も言われなかった。別にたいした用事でもなかった。しばらくしたら社長から電話がかかってきた。初めてのことだ。このプールを委託されている会社は、もとは建設会社で、その一部門がプール管理を請け負う事業を始めたのだ。温水プールがあちこちにできはじめた頃で、着眼点としては素晴らしかった。ここの社長も建設会社の社員だったのだが、抜擢されてこの業務に携わるようになった。角刈りのいかにもその関係の仕事をしていたような風貌をしている。ほとんど喋らない人でわたしも話をしたことはなかった。その社長から電話がかかってきたので驚いた。しかし、主任同様、特に込み入った話があるわけでもなく、たわいもないものだった。なんだろうな。来月からのことだろうか。この屋外プールは八月末で終了する。一応、その後は刈谷のウォーターパレスKCに戻ることになっている。

業務を終えて、いつものようにミサエと時間を共にした後、ミサエから電話がかかってきた。なんだかとてもそわそわしてきている。夏は終わる。人はどこを見て動くのだろう。それからミサエからは毎日、電話がかかってくるようになった。

仕事が終わった後、「レストラン天王」に行き、「オートバックス」一宮店に行き、「一宮温水プール」「ジーンズマーケット」「ビックス」に寄った。まるで二人の時間を高速で駆け抜けるかのように、振り落とされないように寄り添っていた。現実の自分たちが置いてけぼりにされて、心がまるでついて行けない。体が破壊されそうだ。そして、ミサエと喧嘩した。後一週間で夏のプールは終わる。わたしたちの人生に現実が耐えられなくなっている。腹が立って仕方がない。

自分を責める自戒は持ち合わせなくて、ミサエにあたっているのだ。ミサエも同じように見える。

まるでかみ合わない。わたしたちは仕事に来ているのだ。そうした成熟した心はまだ持ち合わせていない。

それでも翌日には、わたしたちは何とか平衡感覚を取り戻した。微妙な琴線をまさぐりあっている。

「モスバーガー」妙興寺店に行き、「ジーンズメイト」に行く。そしてアパートにやって来た。ミサエにダンガリーシャツと「LEE」のブルージンズをプレゼントした。

「嬉しい」

台風の目のようだ。わたしたちは激流の中心にいる。


人間の感情などあざ笑うかのように時は流れる。

「明楽時運」はアラジンと読む。名古屋郊外から岐阜にかけて展開する喫茶店だ。一度行ってみたいと思っていたが念願叶ってようやく来られた。車を走らせ稲沢まで行く。

「ここのコーヒーはあっさり系で、好きなのよ」

ミサエは何度が来たことがあるらしく教えてくれる。

「常連になると器も選べるのよ」

ミサエは棚に所狭しと並べてある器を指さした。形から色合いまで千差万別の器が並べられている。
古民家風の建物の中は外観の期待を裏切らないような薄暗い、しっくりとした佇まいで時が経つのを忘れる。それにしても見事な当て字だ。明るく楽しい時を運ぶ。ミサエは誰と来たのだろか。サッと頭を駆け抜けたが一瞬の空っ風だ。目に前にいるミサエは屈託がない。

屋外のプールも後三日。まだ夏休みとはいえ平日の昼間はさすがに閑散としてきた。子どもたちも宿題に追われているのだろう。そんな折りに、役場の人たちとのソフトボール大会が開催されることになった。プールの隣が野球場で夜間照明も完備されている。伝統行事なのだろう。役場の人は手ぐすね引いて待っている。こちらのメンバーはアルバイトの子ばかりだから、平均年齢で言うと、二廻りぐらい若い。アルバイトの子たちはおじさんたちを完全に嘗めきっていた。わたしは悠然と監督だ。選手同様、相手を嘗めきっている。しかし、実際やってみると結構楽しい。こうした行事が毎年行われているのもわかる気がする。いかめしい主任がはしゃいでいる姿を見るとホッとする。人生は夏の夜の夢だ。なんだかんだ言っても勝利の味は悪くない。

夏の終わりにいろんな人が出入りする。最後の自分の立ち位置を確保したいかのように、右往左往する人が増えるのだ。ミサエとは仕事終わりに「明楽時運」にばかり行っている。それもプールの近くにある美和店ではなく、稲沢店[vi]まで行くのだ。明日で夏のプールは終わる。そのまま金城埠頭まで車を飛ばして行く。名港の夜景が胸に突き刺さる。夏が終わる。こんな美しい夜景を見たらいたたまれない。車を停めて堪能したいが、それができないようになっている。心が狂わされるやつが続出するからだろう。

「明日はどうする？」

「あたしは行かない」

最終日はバイトの子たちと打ち上げをすることになっている。ミサエを受付専門にして、ほとんど彼らと交流させなかったことを申し訳なく思っている。ミサエも同年代の連中ともっと和気あいあいと楽しみたかったのかもしれない。ミサエの口からそんなことを聞いたことは一度もないが、何に対してかわからない悔しさが残る。惜別の時にはすべてそうなのかもしれない。

最後の夏はとても静かだ。お盆までの嬌声が嘘のようだ。一瞬一瞬を確かめるかのように淡々と業務をこなす。時間は過ぎていくから良い場合と、その逆もある。今日は少し時間にゆっくりしてほしい。八月の終わりは夏至の夕暮れと明らかに違う。終わった。

プールを閉めた後、打ち上げの為、「養老の滝」江西店に向かう。バイトの連中は既に来ていた。

彼らにはマニュアル通りのつまらない責任者に映ったことだろう。温水プールでやるようにローテーションをきっちり組んで監視体制をつくり、監視の人数と休憩の人数を常に一定にしていた。今までは一斉に監視して、適当に休んでというやり方だったため、役所の人には休憩している人数が多く映ったらしい。何度か注意されたが頑としてやり方を変えなかった。集中して持ち場を監視してもらうためだ。ざっと見渡すと十五人いた。ミサエを加えると十六人だ。これだけの人数の子たちが自分の時間を割いてプールで青春のひとときを過ごしてくれたのだ。わたしは彼らにちゃんと接してやれたのだろうか。気の利いたやつは酒をつぎに来てくれる。

「来年は就職だっけ？」

「そうです」

大学の四年生も結構いる。学生最後の夏か。自分は何をしていたのだろう。四年生の夏は何をしていたのだろう。まるで想い出せない。はっきりとした将来への目標を持っていなかったということは確かだ。彼らの方がずっとしっかりしている。

「もっといろいろ話したかったです」

そうだ、彼の言う通りだ。もっと向かい会ってちゃんと話すべきだった。時間なんかいくらでもあったのに。酒が入って彼らは陽気になっている。彼らの人生の中でこうしてお酒を飲んで騒ぐ機会はこれからも何度でもあるだろう。彼らはその通過点に過ぎない。

わたしはどうだろう。二十九歳という年齢は若くも年寄りでもない。彼らのように騒いで時間を過ごしているだけでは許されないような気がする。誰もミサエのことは話題にしなかった。

アパートに帰るとミサエから着信履歴があった。しばらくすると電話が鳴った。

猛烈な眠気で何を話したのか憶えていない。

九月

プールのない朝を迎えた。昨日、いつ眠ったのか記憶にない。目覚めるとソファで横になっていた。

ミサエに電話した。

「何か変な感じだな」

ミサエは黙っていた。

「映画でも観に行こうか」

昼過ぎにミサエの家に迎えに行った。いつものように藤浪駅近くの大通りに車を停めているとミサエがやって来た。心持ち疲れているように見える。

「昨日は盛り上がったの？」

「うん」

「電話したけど憶えていないでしょ」

全くその通りだ。確かに昨日はここ二ヶ月のことがぐるぐる回って自分の体が耐えきれないような感じがした。水の事故は人命に関わることだからそれなりに気が張っていたのだろう。ましてや、人を遣う責任もあって、どっと疲れが押し寄せてきた。

ミサエと江南コロナで「グレムリン2」を観た。そのまま「明楽時運」へ行く。まるでプールにいる時と変わらない。いや、わざとそうしているのか。ミサエも付き合ってくれる。

「明楽時運、プールの近くにもあったのに、ほとんどここに来ているね」

確かに大体、稲沢店に来ている。わたしの中ではなんとなく理由がわかっていて、「明楽時運」に行くまでの雰囲気をつくるのに、適当な時間があった方が良いような気がしたのだ。ドライブしながら適当な時間があった方が入りやすいのだ。

「器を選ぶにはどうすればいいの?」

「さあ」

それ以上は特にお店の人にも聞いてみなかった。何となくもうここへ来ることもないと思ったのだ。

「来年もお願いしますね」

と言ってくれたバイトの女の子の顔がよぎった。看護学校に通っていて、今年で卒業のはずだ。

「来年か」

「えっ?」

ミサエは怪訝そうな顔をした。

「来年もここに来るの?」

ミサエは聞いてきた。

「わからないな」

この先はまるで考えていない。来年の自分の姿など想像もできない。

今日は引っ越しの準備だ。そんなに荷物を持ってきているわけではないので、簡単なものだ。エアコンも取り外す。午前中には大体の作業が終わり、刈谷のウォーターパレスＫＣに顔を出す。

「見ました？　みんなの嬉しそうな顔」

岩田がニヤニヤして近づいて来る。

「ほんとかい？」

岩田は返事もしない。いつも言い捨てて答えない。屋外のプールの責任者はプールの点検や役所への報告などで一週間くらいは自由にさせてもらっている。久し振りに会うバイトの子たちは日焼けして逞しくなっている。

わたしの職場はここになる。しかし、まだピンと来ない。夏のプールは強烈すぎた。

朝からスーツを着て美和町役場へ向かう。役場の人にしてみればひと夏の労をねぎらうつもりなのだろう。実際、その心遣いは嬉しい。

「杉森さん、そういう格好も似合うねぇ」

課長は優しそうに微笑んだ。学生時代はここでアルバイトをしていたそうだ。

実は一度だけ救急車を呼んだ。遊泳中に体調が悪くなった方がいて、そんなにたいしたことではないと思ったのだが、念のため要請したのだ。役場としては結構、重い案件だったようで、そのことには触れないようにしているのがわかった。

「来年もお願いしますよ」

主任は慇懃に頭を下げた。まんざらお世辞でもなさそうだ。

「ありがとうございます。でも、わたしがいるかどうかもわかりませんから」

実際、その通りなのだ。主任は苦笑した。来年のことなどわかるはずがない。まともに答えているわたしに少し呆れたのだろう。その後、少し雑談して役場を後にした。これで全ての屋外のプールの仕事が終わった。役場とプールは歩いてすぐのところにある。その途中に図書館がある。この辺り一帯が町の行政の中心で、なおかつ文教地区なのだ。

いつも車で通り抜けるだけなので少し歩いてみる。まだ残暑が厳しいが、今日は曇っているのでそんな気持ちになったのかもしれない。この辺りの道はクランク状に細く鋭角に曲がっている。民家が密集しているが、田畑も点在する。屋外プールも町の歴史を支えているのだということが、よく馴染んだ見慣れた風景に映ることからもよくわかる。

　ほんの二、三日前までここで元気よく泳ぐ子どもたちの姿が見られた。子どもたちにとっては通過点かもしれないが、三十を前にした人間にとってこの夏は刻み込まれた夏なのである。しかし、それは抱えようとしてもするりと逃げていく代物でもある。これを受け入れよう。はじめてゆっくり歩く道すがら、これからのことに思考を巡らす。もう蝉は鳴いていない。静かに時間が流れる。

　午後からはミサエと一緒だ。結局、プールがなくなった分だけミサエと好きな所に行ける。ミサエがどんな学校を出て、どんな仕事に就いていたのか聞いたことがない。こんなことに思いを巡らすことも始めてだ。いつも目の前のミサエに夢中だったからなのか。

　そして、いつものように「明楽時運」に行くことになった。しかし、いつもの稲沢店ではなくプール近くの美和店に行くことにした。わたしが提案したのだ。朝、この辺りを歩いた余韻を引きずっていたのだろう。ミサエも喜んでついてきてくれた。ひとしきりこの界隈を歩いて、いろいろ感じたことを話した。

「そうね」ミサエは静かに微笑んだ。ミサエはプールに通う時、電車から降りて、この辺りを歩いていたはずだ。

「あたしには当たり前の景色ね」

確かに今はそうだろう。しかし、もし三十年経ったらこの風景を何と言うのだろうか。どういう風に記憶しているのだろうか。わたしのこともちゃんと憶えていてくれるのだろうか。

「結局、器を選ぶことはなかったな」

ミサエはポツリと呟いた。「明楽時運」との微妙な関係がわたしとミサエとの関係のように感じた。

わたしはミサエが喜びそうな場所に思いを巡らせた。

「岡崎とか行ったことある?」

「昔。だいぶ前」

「行ってみる?」

ミサエは頷いてくれた。

美和町から岡崎へは、甚目寺から名二環を北へ行き、楠JCTで名古屋高速を北上する。そして、小牧JCTで東名高速に入り、岡崎ICで降りる。相当大回りになるが時間が計算できる。

岡崎でパッと思い浮かぶのは岡崎城だ。

「岡崎城、行ったことある？」

「憶えてないなあ」

そういえばわたしもいつ行ったのだろう。岡崎城に何があったのだろうか。いや、考えても始まらない。岡崎に行ったら何が何でもまず岡崎城に行かねばならない。それでいいのだ。一通りお城を見学した後、次にどこに行こうか考える。

「お城好きだな」

ミサエの一言で考えるのをやめた。ここでゆっくりしよう。夏休み明けの月曜日は人影もまばらだ。

どれくらいお城に居たのだろう。わたしにはとてつもなく長い時間に感じられたがミサエはどうなのだろう。時間の経過を感じさせないほど、ずっと同じ表情をしている。退屈そうではない。かといって、はしゃいでいるわけでもない。ミサエには岡崎城の歴史が瞬時にして体感できるの能力があるのだろうか。もしかしてここの住人だったのだろうか。そんな自然な落ち着いた顔をしている。ミサエをどうしても連れて行きたいところがある。ミサエと出会った時からずっと思っていた。こうして時間ができて、その思いが固まってきた。特別なところではない。普通の店だ。ちょっと小洒落た、ちょうどミサエの顔によく似た店だ。

頃合いを見計らって岡崎城を後にした。

「ちょっと小洒落たお店があるんだ」

「前に言っていたお店？」

わたしはミサエにその店の話をした記憶はない。

「話したことあったっけ？」

「うん。前に刈谷のプールに行った時」

そういえばそんな気もする。さすがにミサエによく似た店だとは言っていないと思うが、いつか行ってみたいぐらいは言ったかもしれない。

岡崎からはゆっくり国道一号線を西へ走る。矢作橋を越えたところで左折し、県道四十八号岡崎刈谷線に合流する。いつも自然に渋滞している大通りだ。渋滞は苦にならない。時間がかかろうが必ず目的地に着く。

「チャールストンクラブ」はその頃、あちらこちらに流行りだしたアーリーアメリカンスタイルの小洒落た洋風レストラン。中京女子大学[vii]近くの二ツ池の畔から少し高台にある。ピアノが常設されていて、中は相当広く、席も様々なバリエーションがある。食事は相当高めだが、その雰囲気から週末には混雑している。ここにどうしてもミサエを連れてきたかった。その頃の一番のお気に入りは阿由知通りにあるすかいらーく系列の「イエスタデイ」だった。その雰囲気に良く似ているのと、南から来ると山を切り裂いて忽然と現れる感じが、洒落たコテージのようだ。北から来れば二ツ池の畔の高台から池や大学を見下ろしている感じだ。全体から見れば小ぶりながらもこの辺りの心臓のような鼓動を感じるのだ。

「チャールストンクラブ」に着き、車からゆっくり降りた。ミサエは目を見張っている。

「ここのことだよ」

前に聞いたことがあると言ったミサエの言葉を受けて返したつもりだ。

「ステキね」

ミサエは心から言っている。

「ミサエによく似ているよ」

「えっ？」

ミサエには聞こえないように呟いた。ピアノがあるラウンジを通り抜け、奥の窓側の席に案内された。ミサエはとても満足そうだ。ずっと以前からそこにいたかのように溶け込んでいる。

「食事どうする？」

「どちらでもいいよ」

食事の値段が高いことに気を遣ってくれる。

「ここは飲み物だけにしようか」

「うん」

わたしはコーヒー、ミサエはジンジャエールを注文した。

「すぐそこに大きな池があって、その向こうが中京女子大学だよ。そこから有松ＩＣまですぐだから、名古屋はすぐ近くだよ」

「よく来るの？」

「たまに」

コーヒーとジンジャエールでいつまでもそこにいた。この場所の地力(ちりょく)なのか、心が波打つことはなく、いつまでも同じトーンで、同じリズムで話し続けられる。ミサエも同じだった。気が付いた時には四時間経っていた。

「周りが三組くらい変わっているね」

ミサエは声をあげて笑った。四時間の魔法から解放されたかのような笑いだ。

深夜のドライブになってしまった。プールにいた時から深夜のドライブには慣れていたはずなのに、今日はやけに新鮮だ。やはりこの地力がなせる技か。決定的な違いは今からミサエを藤浪に送っていった後、また三河に戻って来なくてはならない点だ。しかし、そんなことは全然苦にならない。当然の導線だ。最初からのお導きだ。何だか恐いくらい幸せだ。

もう一宮には住んでいないので、ミサエを迎えに行くときは安城の自宅から藤浪まで行く。安城からは知立バイパスから国道二十三号線を通り、大高で名古屋高速に入る。そのまま名古屋方面に行き、東名阪の蟹江ＩＣで降りる。高速道路を使えば一宮から行くのとそんなに変わらない。会社の方は今週ぐらいまで、出社してもしなくてもどちらでもいいことになっている。

ミサエと内海に行く。一度、真夏に行ったあの海だ。

「あたしのこと好き？」

どんな交響曲よりも体の芯にまで響く。夏の終わりの海は郷愁を誘う。自分で編集した「海辺のドライブ」というカセットテープを引っ張り出す。稲垣潤一の「夏のクラクション」がかかる。

夏の終わりにぴったりだ。ミサエはどう思っているのだろう。あれだけ一緒にいたのに、時間が過ぎてしまえばまるで実感がない。この夏の終わりのミサエしか見えない。長い栗毛が日に映えてキラキラしている。ミサエを降ろした後は、細くて長い髪の毛が助手席に落ちている。

「髪の毛抜けるからバレたらどうするの？」

ミサエは笑っている。

「別にバレたっていいよ」。バレて困る人は誰もいない、とは言わなかった。

わたしはミサエに好きだと言ったことがあっただろうか。いつも言いかけて呑み込んでしまう。これだけ一緒にいるのに、何故こんなことに躊躇するのだろうか。

波打ち際の海水は真夏の時より冷たく感じる。幅広の麦わら帽子のよく似合ったミサエも今日は長い髪を靡かせている。長いこと波打ち際にいた。少しずつ日が傾きかけてきた。どちらともなく海岸線から車の方へ向かって歩いていく。わたしは何に躊躇しているのだろう。もうこの海に来ることもないのかもしれない。


今日はミサエに会えない。免停の講習会に来ている。平針運転試験場の教育センターで一日中缶詰になって講習を受けるのだ。初回の三十日免停の場合、一日の講習で二十九日分が免除される。有難いのかどうかわからないが、とにかく受講しなければ罪はさらに深くなるので、甘んじて神妙にしている時間である。

わたしの場合は時速三十km速度超過で一発免停だ。あっと思った瞬間、うわっ、許してくれ！　なかったことにしてくれ！と思うのだが、許すことにもなかったことにもならなくて、次の瞬間、パトカーが前を塞いで、強制的に減速し、これでおまえも終わりだとばかりに路肩に停止させられる。コンビの警官は言葉は丁寧だがうんもすんもない。拇印を押させられ、拭き取るようにチリ紙をくれるのだが、こんな時は親切だか何だかわからない人たちに見える。とにかくこれで免停が確定するのだ。

「事故にならなくて良かったですね」

何だか金を巻き上げられて、高利な金貸しに出会ったような気持ちになる。「すぐに終わりますから」と言っていたが、それは本当だった。しかし、煙に巻かれたような時間だ。それから暫くすると免停の通知書が届き、今日に至る長いワインディングロードが始まるのだ。

平針運転試験場は名古屋郊外、丘陵地帯の高台にある。平針といえば運転試験場だというイメージは県内のほとんどの者がもっている。場内は絶えず混雑している。免許の更新、免許取得の実地試験、こうした違反者の講習、免許証に関するありとあらゆることがこの〝平針〟という響きの中でこなされる。いわばここは車を持つ者の登竜門であり、蒼い匂いのする場所なのだ。

一番のお気に入りは自動二輪の限定解除の実地試験。建屋の東南側の一角にある。時間になるとその場所は鈴なりの人だかりができる。自動二輪の限定解除は難関の試験で正確さとスピードが求められる。レーサーや警察官でも一発では受からないと言われていた。したがって、その難関にチャレンジする者はヒーローで、また、それを見たさに多くの観客が集まってくるのである。スタートする時は固唾を飲んで、途中で失敗するとため息が漏れる。大きな失敗をした者はそのままコースをショートカットして戻ってくることもある。最後まで走り切れた者には惜しみない拍手が起こる。試験の結果はその場ではわからない。しかし、挑戦する者も観客も一体となった劇場型の時間を共有するのだ。

したがって、免停の講習に来たとはいえ、わたしにとって罰ではなく、気晴らしなのだ。一日の講習を終えるといささかの郷愁さえ感じる。確かに免停の講習では来たくないが、この季節の平針に出会えたことには感謝したい。

ミサエと「明楽時運」稲沢店に行く。大須のヘラルドへ行き、カラオケに行った。

ミサエとささいなことで喧嘩した。後で振りかえってみれば、この日がミサエとの分岐点であった。屋外プールが閉まった後、ミサエとのささやかな交差点を探していた。いつも曖昧模糊としていて実感のない細い糸のようなのものを大切にしていた。しかし、それは少し重みがかかれば簡単に切れてしまう。今日がその日になった。腹が立って仕方がない。理由はどう探ってもうまく見つからない。特別な重力がかかったとは思えないので自然に切れてしまったのだろう。

ミサエに電話した。お互いに言葉を繕っている。心から言葉が出てこない。無理かも知れないな。

「美和町民プールの一日」という感想文めいた業務報告を作成する。会社と町役場に提出する。もちろんミサエのことは出てこない。公式にはミサエは存在しないのだ。不思議と筆が進む。ミサエがいなくても言葉がスラスラ出てくる。こんなにもわたしは真剣に仕事に打ち込んでいたのだろうか。端から見たら情熱のあるリーダーに見えたのだろうか。出てくる言葉は嘘ではない。では一体、ミサエは何なんだ。雨が降ってはやみ、やんだと思ったらまた降り出した。

時間は無慈悲に過ぎていく。岩田と水泳指導員二種講習会に参加する。水泳どころの静岡は県立の立派な水泳場が存在する。そこで二日間かけてみっちり学習するカリキュラムになっている。わたしはこのまま、ここで仕事を続けていくことになるのだろうか。自分でもわからない。夏のプールが強烈すぎた。完全に予定調和を越えている。今の自分には判断がつかない。かといって、この講習会を避ける具体的な理由もない。講義は実技も含めて淡々と進んでいく。今の自分に必要かどうかなどと考える暇など与えてくれない。それでもミサエに電話した。

「杉森さん、痩せた?」

今日からウォーターパレスKCに常駐することになった。屋外プールはもう終わったのだ。顔見知りのバイトの子たちが気軽に声を掛けてくれる。九月半ばはまだ夏の残り香が漂う。まだどこかボーとしている。

ミサエに電話した。出ない。しばらくしてミサエから電話がかかってきた。久し振りに朗らかに話をした。

「そっちに行こうかな」

翌日、仕事終わりに知立駅で待ち合わせた。ミサエは昨日の電話と同じように、とても朗らかだった。

「久し振り」

　ミサエの方が先に言った。

「よくわかったね」

　ミサエは頷いた。

　知立駅で待ち合わせたのは職場に近かったからだ。ここからミサエを送っていく。わざわざ知立駅に来たミサエは環状線のような導線でまた自宅に帰っていく。それでいいのだそうだ。

　真っ先に向かったのは美和町民プールだ。あたりは真っ暗だが、隣の野球場の照明がついているのでプールははっきり輪郭がわかる。思い出の監視員室が道路からよく見える。来年もこのプールはオープンし、またいろんな人が集まり散じるのだろう。しかし、わたしとミサエはもういない。この夏で燃え尽きてしまったのだ。ここにいるのはただの抜け殻だ。魂はこの夏のプールの終わりにここに置いてきてしまったのだ。

「懐かしいね」

　ミサエは呟いた。いやわたしの心がそう捉えただけかもしれない。懐かしい……というよりも、遠い遠い生まれる以前の記憶のような気がする。

「こんなに暗かったっけ？」

「夜だもん」。ミサエは苦笑した。

八月の夜は、もっとわたしたちを優しく包んでくれたような気がした。まだ、これから歩んでいく方向を探しあぐねていたようだった。今は違うのか？　はっきりとした細い線が見える。ミサエには見えるのか。

「野球場の照明のおかげでプールが良く見えるね」

わたしはとぼけたことを言った。見ているようで見ていない。見ようとしているのはミサエの心だけだ。胸のあたりがザワザワする。夜の帳で胸が締め付けられそうだ。ミサエはそのままプールを後にしようとした。もう少し周りを見てみたかったが、ミサエの後に従った。

ミサエの横顔はやけに爽やかだ。わたしのように過去の亡霊と対話しているようには見えない。

ミサエは受付専門だったので常時監視員室に籠もっていた。プールの記憶はほとんどないのか、わざと消し去ろうとしているのか。ふと思った。わたしとの記憶はあるのか？

ミサエの横顔は無慈悲に心を読み取らせない。

わたしはプールからミサエを捜す旅を諦めた。二人でよく行った「明楽時運」の稲沢店に行った。ここでもミサエは屈託がなかった。

「よう似合うじゃん」

わたしはダンガリーシャツを着て「リーバイス」の501を履いていた。ミサエとジーンズメイトで買ったものだ。もちろんポーチュガルのコロンもつけている。

ミサエは何か心に決めている。

いつものようにミサエが藤浪駅の近くの大通りから消えていくのを見送った。いつから雨が降ってきたのだろう。ずっと降っていたのかもしれないのだが。ミサエの後ろ姿をいつも良く見ていたわけではない。しかし、今日はじっと目を凝らして見ていた。屈託のないミサエと同じ後ろ姿だった。

二日後、ミサエから電話がかかってきた。特に驚かなかったが、あの後ろ姿が過った。人は前から見るのと後ろから見るのと別人格かと見紛うことがよくあるが、あの時のミサエは三百六十度、どこからみても同一人物だった。電話のミサエはあの時のままだ。一時間三分。長いとも短いともいえない。三時間くらい話していた時もあるから、それに比べれば短いのだろうが、特に用事があるわけでもないので、話の中身からしたら相当長い。ミサエとの関係はちょうどそんな立ち位置にいる。

プールの主任と言い合いになってしまった。ささいなことが原因だ。この会社は市から委託されているのだが、市の職員も常駐している。その職員とも揉めていて、主任はできるだけ接しないように配慮してくれていた。もうこのプールにはいられないかもしれない。

あれから数日はミサエにこちらから電話したり、ミサエからかかってきたり、途切れることはなかった。二人の着地点を探しているのだろうが、あの夏の煌めきが奇跡的に戻って来やしないかという願いも心のどこかにある。ミサエが好きなことには変わりない。

「あたしのこと好き?」

もたれかかるように、じゃれるように寄り添ってきたミサエにわたしはちゃんと答えていない。


記憶のどこかで霞をかけている。


プールの仕事は土日が忙しいので平日にローテーションで休みを取る。休みの日だが、行きたいところはいつもの場所だ。たまたま七つ下の妹が休みだったので誘ったらついてきた。

「サガミ」津島店で食事をとり、「明楽時運」稲沢店でお茶をして、ジーンズメイトでショッピングをする。もちろんミサエのことは一言も言わなかったが、察しのいい妹は何となくわかっていたのかも知れない。特別な場所だということを。

暗くなる前には帰って来て、一人で洲原温水プールに行く。明日からここが職場になるのだ。やはり、元の職場にはいられないということで昨日、社長から連絡があった。なんだかんだ言って周りの人は良くしてくれる。自分が情けない。今日はどちらでも良かったのだが、そんな申し訳のなさが自然と足を向かせたのかも知れない。ここの連中も気のいいやつばかりだ。主任の高森は浜松の出身で近くにアパートを借りて住んでいる。アルバイトは近くの愛知教育大学の学生が多い。ウォーターパレスＫＣに比べこぢんまりとしていて、スライダーも流水プールもない。山の中の知る人ぞ知るといった風情だ。

「杉森さんの性格、個人的には好きだけどなあ」

元職場の主任は役所の人と揉めたときにそう言ってくれた。本人と揉めてしまっては、さすがにそうは思わないだろうが、まったく情けない。この仕事が前向きでないにしろ、人に迷惑をかけるのは耐えられない。ここでしばらくしっかりしなければと思う。

何とか一週間が過ぎた。特に問題もなく過ぎている。ここのプールは水曜日が閉館日で休みになる。

一昨日、ミサエから電話があった。久し振りに藤浪駅に行く。そういえば待ち合わせはいつも藤浪駅だ。確かに近くてわかりやすいから特に何も思わなかったが、ミサエの家には一度も行ったことがない。帰りも通りで降りて帰って行くので、ミサエの家を知らない。ミサエはわざとそうしていたのだろうか。

「あたし一人っ子だから親は養子を探しているの」

「養子はムリだなあ」

農家の長男坊のわたしには養子は考えられなかった。男兄弟がいればまだしも下には妹しかいない。

そんな時、ミサエは必ずうつむいた。しかし、端から無理だと決めつけていたわたしはそのまま遣り過ごしていたのだ。無理は承知でも、もっと真剣に考えれば良かった。

藤浪駅から「明楽時運」稲沢店に行く。通い慣れたこの店だが、またこの店に来ることはあるのだろうか。色とりどりの器が遠くに見える。手に取ることのなかった器は、最初からこの物語を見通していたように見える。人間より器の方が達観している。何度も来たが座る場所はまちまちだ。器を求めなかったように座る場所も特に決めていない。ミサエとの関係はいつもこんな風に気まぐれだ。

ミサエが通っていた大学に行きたいと言い出した。大学は犬山にあった。ミサエはここの短大に通っていたのだ。ミサエの学生時代の話は聞いたことがない。短大を出て、どこに勤めたのかも聞いたことがない。結局、ミサエの幹となるところをわたしはまるでわかっていない、ただの流れ者にすぎなかったのか。

ミサエにも様々な思い出があるのだろう。まじまじと校舎を見ていた。そのうち自分で何かケジメをつけたかのように「行きたいところがあるの」。

喫茶「ピーク」は江南市にあった。短大からそれほどかからない。どんな思い出があるのだろう。

ミサエの思い出を知らない。ミサエは何を考えているのだろう。夏が終わって、はち切れそうな若さは健在だが、少しふっくらしたような気がする。

その後

月が変わり十月になった。わたしは中途採用の面接に来ている。地元を中心に店舗を展開している中堅のスポーツ量販店だ。中途採用といっても随時の採用ではなく、一斉に募集をかけているようで多くの人が面接に来ている。応募者が集まったところで人事担当者が、「わたしが一緒に仕事をしたいと思う人を採用する」と高らかに宣言して、応募者の中から何ともいえない嘆息が漏れた。わたしも同様でいっぺんにやる気が失せてしまった。面接は何を話したのか憶えていない。多分、ダメだろう。肩の力が抜けた。

ミサエとは三日に一度くらい電話をしたり、電話してきたり。何だか微熱が続いているみたいだ。

スポーツ量販店の採用通知が来た。結果は不採用だ。

もう一通来た。ミサエからだ。結論から言えば「別れましょう」ということだ。

今のわたしにはミサエの文面は素直に受け入れられない。言葉で言うことを文章にされるといちいち反発したくなる。

「大人になってください」

ミサエはそう伝えてきた。ミサエとは昨日も電話で話している。感情の起伏が手に取るようにわかる。

しかし、わたしとミサエに共通しているのは、二人には先はないということだ。結婚に結びつかないというだけではなく、埋められない齟齬があるのだ。それはお互いにわかっている。わかっているからどちらが先に言い出すかということだったのだが、ミサエの方が勇気があったということだ。

わたしは一日置いて手紙を書いた。

感情的にならないように気をつけた。ミサエへの思いは変わらない。楽しかった思い出、最近、思うことなどを包み隠さず綴った。しかし、もう一度やり直そうとは綴れなかった。

あの夏は終わってしまっている。

慎重に言葉を選びながら丁寧に書いた。推敲の少ない作家のように言葉がそれ以外のものがないように、書き進む。時間はかからなかった。普段、考えていることを吐露しただけだ。

つまり、ミサエのことばかり考えていたということだ。

しかし、投函するのは少し勇気がいった。これで、自分の気持ちが明文化されてしまうのだ。もう後戻りはできない。

鈴鹿サーキットにF1がやって来た。小中学校の同級生の井森と鈴鹿に来ている。まったくこんな日に。まったくこんな時に。

午後の公式予選を観た後、鈴鹿市内では宿がとれないので、松阪まで行く。したがって、二日目の朝は松阪から出発し、午後の公式予選を観る。世の中は空前のF1ブーム。特にアイルトン・セナの人気は凄まじい。そのセナは予選終了間際に颯爽と登場し、いとも簡単にポールポジションを獲得してしまう。まさに千両役者だ。そして、また井森と松阪に向かう。

松阪は言わずと知れた松阪牛が有名だが、そんなものには手が出ない。適当に食事をして、明日に備える。井森にはミサエのことを話したことはない。今日もずっと一緒にいるのだが、たわいもない話をしている。井森は井森で仕事に悩みを抱えている。むしろわたしが聞いていることが多い。

決勝当日は異様な盛り上がりを見せている。レース開始の何時間も前から身動きができない。わたしたちは比較的空いていたスプーンカーブの辺りに陣を取った。レース開始まで長い時間そこにいた。

しかし、レースがはじまると、すぐに異様な空気に包まれた。セナが昨年まで同じチームメイトで好敵手のアラン・プロストと一コーナーで接触して、リタイアしてしまったのだ。つまり、スプーンカーブにいた我々は一度もセナとプロストのレースを観ずに終わってしまったのだ。さすがに力が抜けた。

鈴鹿全体も途方に暮れてしまった。これがレースだといってしまえばそれまでだが、あまりにも無情すぎる。優勝したのはネルソン・ピケだった。日本人ドライバーの鈴木亜久里と中嶋悟がそれぞれ、三位と六位に入った。

セナとプロストがリタイアした後は、レースを観ながら井森といろんなことを話した。異次元な空間は普段とは違うテンションと言葉を紡ぎ出す。井森は饒舌だった。細かいことまで思い出しながら話してくれる。エキゾーストノートが実に心地良い。「ノート」とは、楽器から出る音を意味しているそうだ。なるほど、言葉にリズムをくれる。わたしも折りを見て、話をした。ミサエの名前は出さなかったが、このノートは言葉が鮮明になり、自分の考えていることをはっきりさせてくれる。

いい時間だ。こんなに心地良いとは思わなかった。セナとプロストのおかげだ。レースが終わり、わたしたちは課題を見つけた研究者のような心持ちであった。

「ラーメンを食べていこう！」

わたしたちは屋台の味が売り物の「横綱ラーメン」に入った。井森とわたしはそこでもいろんな話をした。エキゾーストノートがわたしたちの心をアイドリングして横綱ラーメンが言葉を醸成してくれる。殻に籠もっていた自分を恥じた。


やはり会社にいる理由が見つけられない。

楽しい思い出は郷愁でしかない。

駆け抜けて行こう、真っ直ぐに。


明日でまた月が変わる。ミサエと「明楽時運」稲沢店で会った。

「いま思い出すのはモリタくんのことだけだね。別れたのも不思議なくらいだもの。もし家とか関係なかったら二十歳の時、家出ていたもの。今でも時々会うの。身内みたいな関係。夏の頃だって、しょっちゅう電話かけていたよ。ヤマモトくんの時も真剣に考えていた。まあ、五月頃眠って、目が覚めたら歯医者にいたって感じかなあ」

よく理解できなかったが、ミサエの話に心が響かなかった。

「あたしのこと好き？」

ミサエはいつも聞いてきた。しかし、ここまでの話は理解できなかったとしても、どこか隙間風を感じていた。自分を肯定的に見てやることができれば、それが即答できない理由なのだ。

ミサエのこの言葉のためにわたしは自分の言い訳をとっておいたようなものだ。

ディスコの黒服をしていたというモリタくんとのツーショット写真を見せてくれた。モリタくんにしなだれかかっているミサエがいる。

今日のミサエは少し意地悪な顔をしている。最後の切り札とばかりに。

わたしは黙っていた。というより適当な言葉が出てこない。アラジンの魔法のランプから気の利いた言葉が出てこればいいのだが、ここは人を静かに見守る喫茶店なのだ。

多分、わたしはミサエの顔をまじまじと見ていたのだろう。ミサエとはあまり目が合わない。わたしの視線が迷惑そうだ。しかし、わたしは言葉を持っていない。悪気はないが、わたしにできることはミサエの顔を見つめることだけだ。

「あたしね、歯医者が大嫌いなの。でも、この痛さを我慢すれば何にでも堪えられると思って、歯医者を好きになろうとしているの」

こちらの方がわかりやすい。すんなり理解できた。わたしのそんな心を読み取ったのかミサエの顔が少し柔らかくなった。

「おもしろい顔だなあ」

「えっ？」

不意打ちを喰らった。こちらを攻めてくるとは思わなかった。ミサエはいつものように目を細め、屈託なく笑った。「ミサエの顔の方がおもしろいよ」とは流石（さすが）に言わなかったが、色の白い、端正な目鼻立ち、そして、細い栗色の髪を噛みしめるように見つめた。

わたしはそのまま、ミサエを件の歯医者まで送っていった。

「ここでいいよ」

帰りはどうするの、とは聞かなかった。ミサエが無言で伝えてきたからだ。大通りから見えるミサエの家が過った。ミサエは振り返らなかった。振り返るとは思わなかった。しかし、わたしはミサエの後ろ姿をじっと見つめていた。大通りでミサエを降ろして、確かめもせず、車を走らせていた自分を恥じた。ミサエは振り返っていたかもしれない。涙でこちらを見ていたのかもしれない。ミサエが歯医者に消えてもずっと見ていた。嫌いなものを好きになる。ミサエはわたしが考えていた以上にもっともっと深いところを見ていた。わたしは本当にこの夏をここで過ごしたのだろうか。

それからしばらくして、ふいにミサエから電話があった。

「会社どう？」

「何とかやっているよ」

「ふーん」

特に何かあるわけではなかった。しかし、単純にミサエの声が聞けて嬉しい。ミサエが何をしているかは聞かなかった。聞けば教えてくれただろうが、そんな深刻な感じもしなかった。ミサエとは十日前に歯医者の前で別れたきりだ。わたしには深刻な話のはずだったが、不思議とそんな感じがしなかった。今日の電話も特に驚かなかった。強いて言えば、電話がかかってこないかなあ、と思っていたわたしの念力勝ちだ。ミサエも仕方がないな、と思ったかも知れない。

爽やかな声に随分助けられた。ありがとう。

台風二十一号が接近している。秋の台風はもう後のない台風だ。今年の終わりが近づいている。

ミサエに電話した。家族が出ることも覚悟したが不在だった。時間をおいてもう一度電話した。やはり不在だった。何故急に電話しようと思ったのかわからない。台風が背中を押してくれたのか。不在で良かった。

しばらくして電話がかかってきた。ミサエからだ。

一時間二十一分話した。長いのか短いのかわからない。一緒に過ごした濃密な時間を考えれば短すぎるし、今、話す中身を考えたら長すぎる。明日、会うことになった。

翌日、わたしはミサエと藤浪駅で待ち合わせた。土曜日の昼下がり。ミサエと出会ってちょうど、五ヶ月。一宮方面に車を走らせる。藤浪から一宮に行ったのはアパートへの郷愁があったのかもしれない。左側の彼女は手を伸ばしても掴めないような感じがする。一宮のピザハウス「カリーナ」は若者に人気のあるイタリアンテイストのカジュアルレストランだ。しばらく順番待ちして席に案内される。目の前のミサエはとても落ち着いて見える。わたしの腕の中で甘えていた彼女と同一人物とは思えない。注文は彼女に任せた。

「どうせ女の子口説くんでしょ」

「しないよ、そんなこと」

この子はこんなに落ち着いた子だったっけ。無理して合わせてくれていたのかな。

「ここはよく来るの？」

「いや、はじめて。一度来たいと思っていたんだ」

ミサエがここにはじめて来たのかどうか、わからない。聞けば答えてくれたのだろうが、聞きそびれてしまった。会話をぐっと戻して聞き返すほどの重要なことではない。しかし、その手慣れた注文の仕方から実は重要なことだったのだろうと、その後の時間の経過とともに思い始めて来た。

とても大切なことを話していないような気がした。一緒に過ごす時間に夢中でお互いのことは何もわかっていない。今、その熱波を過ぎて、これから心地の良い風の中で二人の心の会話がはじまるはずなのだ。それなのに、大切なことが風に乗ってこない。

「楽しかったな」

ミサエは大きく頷いた。はにかむような笑い方は相変わらずだ。あの夏はもう戻ってこない。

腕の中で甘えていたミサエはもういない。

「何だか秋の気配だな」

「秋？もう冬よ」

ミサエはまたはにかんで微笑んでくれた。今日は大サービスだな。とても気を遣っていてくれる。

胸が締めつけられるような思いがする。今日、会ったのも、とても大切なことを披露したかったのかもしれない。


なんだかモヤモヤして眠れない。早起きしてバイクに乗る。ヤマハビラーゴVX四〇〇CC。街乗りにうってつけのカッコ良さで一目惚れして購入した。タンクはダミーで座席の下が燃料タンクになっている。このダミータンクを改良して燃料をたくさん入れることも考えたが、そのままになっている。改良が面倒くさいというより、乗っているうちにこのスタイルが気にいってしまったこともある。しかし、燃料を満タンにしても二〇〇㎞も走れない。一〇〇㎞を超えたら給油を考えなければならないので、ツーリングには不向きだ。給油の度にシートを上げなければならないので、後部座席に荷物は積めない。荷物は後部にツインタイプのケースを装着して、給油時にすぐ外せるようにしている。給油をする時にはずさなければならないが、カチッと留め具を外すだけで良い。ガソリンスタンドに入り、バイクから降りて、カチッとツインバックを降ろす手際にＦＩのタイヤ交換がよぎり、ちょっとしたレーサーの気分になる。ガソリンスタンドの店員さんもホーという感じで見てくれる。ささやかな優越感に浸れる時だ。

今日は定期点検の日なのだ。近くにある高浜ホンダに持って行く。ここのご主人はホンダで四輪の開発をしていた技術者で、二輪に関しても、その構造を熟知している。点検をしてもらっている間、いろんな車種のバイクを見ているのが好きだ。フルカウルのレーシングタイプは、その車体のラインを見ているとレースで走っている姿を想像してしまう。二輪は八耐[viii]の人気も相まって空前のブームだ。時代と共に二輪車の販売台数は減少の一途だが、モータースポーツとしての人気はうなぎ登りでレーサーはこの時代のヒーローである。

ミサエはバイクの後ろの方がよく似合っていたかも知れない。いつも車の左側で物憂げに座っている彼女より後部座席から抱きつくように座っている方が彼女らしい。

あの微笑みが辺りを埋めつくすように漂ってくる。気づかなかったな。

一度くらいビラーゴで海岸線をかっ飛ばしてみれば良かった。木曽三川から川べりをフルスロットルで疾走すれば良かった。後ろから頬をつけるようにわたしの体を抱きしめてくれたに違いない。

ミサエの微笑みがいつまでも消えない。困った。ミサエ、どこにいるのだ。

それから一週間後。わたしはミサエに電話した。親父さんが出た。ミサエを呼ぶ声がする。ミサエの声が遠くから聞こえる。しかし、プツリと消える。静寂が流れる。しばらく時間が経過する。

「ああ、今、いないのです」

親父さんははっきりした声で伝える。

「わかりました」

わたしは受話器を置くと、居ても立ってもいられなくなり、藤浪駅に向かう。ミサエに会いたい。

藤浪駅でミサエを見た。わたしの姿を見かけると脱兎のごとく走り出した。無人駅を飛び降り線路を走り出した。わたしは夢中で追った。いくら追いかけても追いつかない。体がだんだん現実に戻っていく。もう耐えられない。わたしは走るのをやめた。ミサエは見えない。あまりに息苦しく、思考が停止している。もう走れない。もうよそう。現実の肉体が結論を導き出した。わたしは何故ここにいるのだろう。頭の中ではとっくにわかっているのに、体が絶望的に伝えてくれる。

こんな悲しいことは嫌だ。別れるのは嫌だ。ミサエはどこに行ってしまったのだ。

「ここからじゃ、何も見えないよ」

わたしは線路を、今来た道を引き返した。本当にミサエはいたのだろうか。呼吸が苦しくて思考は停止したままだ。これから先どうやって生きていけばいいのだろう。苦しい。もう走れない。ここからどこに行って、どう行けばいいんだろう。目の前の線路は本当に続いているのだろうか。

第二章　三河の冬物語

十一月

　ここは名古屋市郊外、安城市南部の農村地帯。電車で栄まで一時間半はかかる。不動産物件を探すと最寄りの駅から五十分と書かれてしまう。しかし、車であれば、栄まで四十五分。高速道路とバイパスが繋がっていて、車さえあれば快適なエリアである。

　そんな街で暮らすわたしは中途採用の面接に来ている。二十九歳にもなってフラフラしていたわたしを見かねて親が地元の有力者に適当な就職口を頼みにいったのだ。面接といっても、採用は決まっている。不思議な話だが田舎のことなので、誰かの紹介といえば、それだけで身元がしっかりしているということで即採用なのだ。つまり、今日は面接というよりも初出勤日なのだ。

工場の事務所は二階にあった。受付の女性に案内され、すぐ隣の休憩スペースの一角に通された。窓が高くて座っていると何も見えない。無機質な壁だけが見える。それも相当年季が入っているらしく、ベージュの壁紙がくすんで剥げかけている。

「えらいところに来てしまったな」

わたしは誰に言うこともなく呟いた。近くで新聞を読んでいた女子社員はまったく気にする様子もない。大体、勤務中に優雅に新聞なんか読んでいていいのか。そんなに長い時間でもなかったのだが、自分の人生に積極的に関わっている感じがしない時間だけに、やけに長く感じる。いらつく。

しばらくして、人事担当者らしき人物がやってくる。

「どうも、どうも」

わたしは反射的に頭を下げる。サラリーマンの面接なんてはじめてだ。何もわかっちゃいない。わかっちゃいないけど、頭を下げときゃなんとかなるっていうのが、ここまでの反射的な人生訓だ。

人事担当者は分厚いファイルを置き、こちらも見ずになにやらページをめくっている。おもむろにこちらを見たかと思うと、分厚い眼鏡の底から慇懃な笑顔を浮かべている。

「ここはすぐわかった?」と聞いたかと思うと、わたしが答えるより先に
「すぐ近くだもんな」とまたファイルをめくり出す。

未熟なわたしは社会人としてどう返していいのかわからず、かといって気の利いた微笑みも返せず、ただじっとしているのみであった。

外ではひっきりなしにリフトが通る音がしている。爪先を前面に押し立てて走行する様は素人目にも危なくて仕方がない。事故が起きないのだろうか。そんなことを考えていると突然人事担当者はまくし立ててきた。

「大卒で中途だと三等級一号からはじまる。本給に定率加給と定額加給が加わり、これが基礎額となる。これに役職手当、住宅手当、家族手当、通勤手当が加わり基本給となる。賞与の算定はこの基本給が基礎になるからね」

「はあ」

「ちょうど今、総務室の給与計算するやつが病気で休んでいるんだ。杉森くんには代わりに給与計算をやってもらう。その他、いろいろ総務関係で覚えることがいっぱいだ」

「その人が出社してきたらどうなるのですか?」

「仕事なんかいくらでもある。それはその時だ」

時は一九九〇年十一月。バブル真っ盛りの景気の良い時代。この従業員五百人くらいの中企業も中途で百人入って百人辞めていく時代である。人事も端から中途採用者など信用していない。こんな面接にも慣れっこなのだろう。

「今日から入社すると、賞与が九割支給されるって聞いていたのですけど」

「そうだよ」

もう少し入社を遅くしたかったのだが、一日でも遅れると最初の賞与が半分になってしまうと聞き、それはならぬと慌ててはせ参じたのだ。年間カレンダーなるものをもらい「これが休日だ」と手渡される。なんだ、これでは病気にもなれないな、と思った。

そうこうしていたら、守衛が飛んできた。

「あんた、社長の息子さんか?」

「いえ」

「あそこは役員の専用駐車場だよ。来客用の駐車場に停めて」

わたしは工場に一番近い場所に車を停めていた。それは知らなかった。すごすごと駐車場に戻っていく。相変わらずひっきりなしにリフトが走っていく。こんなところでおれは働くのか。来年には三十歳になる。そんなに年でもないはずなのだが、何かをはじめるのには遅すぎる。ここで何かしら人生の基礎みたいなものをつくっておかないと、この先に続かない。そんなことをぼんやり考えながら駐車場に向かう。どうやら、今日、中途採用の面接を受けるのは自分だけではないらしい。小綺麗な水商売風の女性と小さい子どもを抱えた奥さんと旦那さん。みんなこのバブルで踊らされたのか。気に入らなければ辞めればいい、受け皿はいくらでもあるってことか。

　全てが中途半端で具体的な何かがあるわけでもない。ただ一点、最初の賞与が九割支給される、そんなことが頭にこびりついてここにいるだけである。

　それから人事担当者と何を話したのか覚えていない。慇懃な態度と分厚い眼鏡だけが印象に残っている。こんな分厚い眼鏡、薄型レンズにすれば良いのに。とりとめのない散文が頭をよぎる。

　ある夏の一時期、とても暑く、幸せだと感じたことが、
すこし醒めてみれば、とても暗い〝不の洞察〟であることに気づく。

会うことによる幸せ、会わないことの安堵感、出会いを選べない人間の悲しい宿命。

生きていくために這いつくばる。生きていくためには何があってもおかしくない。

ただ単に時間が過ぎた。その渦中に予測できることもある。

流れに乗って動いていくだけなのだ。逆らったら死んでしまう。

空を見る。やっぱり暗いや、どうしようもない。


夜、昔、いた劇団の女の子に電話をかけてみる。

つながらない。

もうひとり。つながらない。

大学の時の年下の先輩に電話する。

「杉森がサラリーマンかぁ」

そんなことを言ってもらいたかったのかもしれない。

次の日からも普通に出社した。会社は自宅から車で十分。車で通うほどの距離ではないが、半年前に車を買ったばかりだ。冬の朝にはエンジンが暖まる頃にはもう会社に着いている。ステアリングを握って考え事をする時間もない。

もう一度、劇団の女の子に電話をかけてみる。どちらの女の子の電話が先だったのか忘れてしまった。

「杉森、東京に来るんだね。わかった。時間調整するから連絡するね」

どちらかに繋がれば伝えておいてくれる。名古屋の劇団にいた二人は、連れ添うように二人で東京に行ってしまった。東京では別々に活動しているようだ。しかし、連絡は絶えず取り合っているようだった。久し振りに会いたい。息が詰まりそうだ。


会社に入社して二週目。週末を利用して東京に行く。

二つ年下の先輩のところに転がり込みそのまま泊めてもらう。「杉森がサラリーマンかぁ」と言った先輩だ。この先輩の家は小田急線の「向ヶ丘遊園駅」から車で数分のところにある。数分と言っても川崎の丘陵地帯を切り開いて建てられたベッドタウンで、歩いて行こうとしたらとんでもない目にあう。実家は会計事務所を経営していて、自身も公認会計士の資格を取得している。いつも突然の訪問なのだが、快く歓待して頂ける。

朝食を頂き、そのまま、また小田急線の「向ヶ丘遊園駅」へ送ってもらう。

「しかし、杉森がサラリーマンとはなぁ」とまた言われた。

名古屋の劇団で一緒にやっていた女の子が東京に来ている。先日、電話した子だ。劇団を離れて一年余り、中野の「ラブ・モリナガ」という店で待ち合わせる。

久し振りといってもたかだか一年だから、そう変わった印象はない。これからこの子たちは東京でどうしていくのだろう。それこそ一年経っているのだから少しくらい変わっていてもよさそうなのに、まるで昨日まで会っていたかのように、あっけらかんとしている。

「杉森なんか、モデルとかやったらいいじゃん」

「そうそう」

相変わらず、まるで適当なやつらなのだ。

ちょうど一年前に劇団の東京公演で文京区の三百人劇場で公演した。客席まで漆黒の舞台空間は良く覚えている。名古屋から深夜に劇場に入る際に、劇場側と交渉して劇場を開けてもらった。劇場側も使用する団体のために鍵を開けておくだけなので、地方から来る劇団にはよくあることだと言っていた。劇団員も喜んでくれたので、やれやれと思っていたら、これが劇団代表の逆鱗に触れて「勝手なことしやがって！」と怒られた。

東京公演が終わった後、しばらくそのまま東京に居座り、二度と劇団に顔を出さなかった。この三百人劇場は劇団昴の座付き劇場で昴の好意だったのだが、それがこの代表は借りをつくったようで気に入らなかったようである。どのみちこれが終わったら辞めようと思っていた。劇団への愛着などとっくになくなってしまったものだから、なんでもかんでも良くないことに結びつける。まあ、離れるときはこんなもんだ。

彼女たちはそれからすぐ辞めたとは聞いていない。しかし、ここでこうして会っているということはどこかのタイミングで辞めたのだろう。彼女たちは劇団に対する気持ちというより、これから演劇をどうやって続けていこうかと熟慮しての選択だったのだろう。

「杉森、何か書くのもいいいと思う」

そのうちの一人がまた何の脈絡もなしにそんなことを言い出した。

「えっ？」と思って顔を見たら、こちらを見てやしない。

この二人は頻繁に会っているのだろうか。ふと、そんなことを思った。もしかしたら、東京に来て初めて会ったのかも知れない。わたしを丁度いい口実にして。

とにかく女性二人はよく喋る。わたしはほとんど聞いていた。夢を持つのはいいことだ。挑戦するのも必要なことだ。彼女たちは自分の人生を謳歌している。

長い時間そうしていた。わたしは結局、彼女たちの十分の一も喋らなかったが、久しぶりにすがすがしい時間を過ごした。

どうやってこの邂逅のキリをつけたのか。気がついたらわたしはそのうちの一人と中野から東京駅まで行くことになった。中央線に二人並んで座っていた。

わたしはこの子が好きだったことがあった。好きで好きで仕方がない時だったら、こうして二人で座っていることすら普通の状態ではなかったかもしれない。しかし、今は静かに並んで座っている。

この子と二人芝居をしたことを思い出した。いい芝居だったな。

「なんとかなっている？」とわたしは聞いた。

「うん、楽しいよ」

この子は左の額に痣があり、いつもファンデーションを厚塗りしている。生まれつきなのか怪我なのか、教えてくれたような気がするが覚えていない。その左の額の側にわたしは座っている。もう会うこともないのかと思うと、妙にこの痣が気になった。

東京駅が近づいてきた。不思議と別れていく郷愁はない。

「じゃあ、また」

「元気でね」

彼女は私の方をチラッと見ただけで、特別な感情表現はしてこない。昔からそうだ。東京駅から降りてどこにいくのだろう。わたしはこのまま「こだま」に乗るのだが、彼女は都内のどこかにいるはずだ。彼女が席を立った記憶がない。中央線快速の終着なので、そんなことはないはずなのにずっとそのままそこに座っている。わたしは振り返ることもなく、ホームを歩いて行く。

彼女とは二度と会うことはなかった。

翌日から、またわたしは会社に向かう。総務室はやることがいろいろある。雑用もたくさんある。

会社が契約しているガソリンスタンドに行く。新任の挨拶を兼ねて社員の最新契約リストを持って行く。給料支払日が十六日なのでそれまでに給与計算ができたタイミングで持っていくのだ。

ガソリンスタンドは二社契約していた。一社はわたしの小中学校の同級生が一家でやっている。久し振りに顔を出すと、そいつは目をまん丸くして

「どうした？」

「どうもこうも一日から入社したんだよ。いつまでもフラフラしてられないからな。一日に入ると賞与九割くれるっていうものだから」と一気にまくし立てた。

「ふ〜ん」驚いた様子ではあったが、たいした興味もなさそうに、

「いっぱい契約取ってきてくれよ」

社員の契約はガソリンスタンドの死活問題なのだ。

「昔はもっとたくさんあったんだけどなあ」

「あんた、杉森くんか？」おふくろさんがやってくる。

「ご無沙汰しています」

「まあ、よろしく頼むね」

中学校を卒業してからそいつともまともに会ったことないから、おふくろさんの顔もほとんど忘れていた。これからの仕事のことでそんな感傷に浸っている暇もない。

「お願いします」。丁寧にお辞儀するのが精一杯だ。

もうひとつのガソリンスタンドはよく前を通っていたが初めて行くところだ。交差点の角にあり、反対方向からは入りづらい。ここは地元在住の社員よりも名古屋方面から通う社員がよ

く利用していて全体で見るとそんなに多くない。女性が縄跳びをしていた。

「凄いね」

わたしは思わず言ってしまった。

女性はちらっとこちらを見ただけで飛び続けている。

「ありゃ、社長の娘だよ」と会社に帰ってから聞いた。

なんか不思議なところだ。あまり熱心に営業しているとは思えない。

その夜、『ニュー・シネマ・パラダイス』を観る。

郷愁……感性に響く映像・音楽・ディテール。

陶酔、シネマテーク万歳!!


次の日は盛り沢山だ。刈谷職安、保健事務所、知多工場、半田職安。

会社に帰ってからは月度の事例発表会に出席。この事例発表会は定期的に行われていて、毎月、職場ごとに改善事例を発表するのだ。創意工夫をメシの種にしていくのだ。

「よくこんなことが思いつくものだ」と感心すれば、「よくこんなところに気がつくものだ」と質問する者にも感心する。最終的に点数化して順位を決める。最優秀の発表者は優秀事例大会の出席を義務づけられる。

会社の一日はあっけなく過ぎていく。見るのも聞くのも目新しいことばかりで息つく暇もない。こうして少しずつ慣れていくものだろうか。

それにしても皆、なかなか帰らない。何をそんなにすることがあるのだろう。よく見ると、何煙草を吸ったり、コーヒーを飲んだり、雑談していたり、もっと早く片付ければいいのに、何をしているのだ、この人たちは。おまけに、不思議なことにこうして会社にいるだけで残業時間になるのだ。

駐車場まで行くとホッとする。まだ二週間か。

会社へ入って三度目の週末。静岡の県立西ヶ丘水泳場へ水泳二種指導員[ix]の追試験を受けに行く。

前職を引きずっている。わたしは今の会社に入る前は市営の温水プールで監視員兼水泳指導員をしていたのだ。その時の連中と臆面もなく試験を受けに来たのだ。

「杉森さんみたいに筋の通った人がやめるなんて信じられなかった」

委託事業なので会社は民間の会社である。正社員になって半年で辞めてしまった。

久し振りに会う前職の二人だが、まるで違和感はない。試験は夕方には終わった。追試験という名目の補講のようなものだ。そのまま、今日の仕事を終えて「お疲れ様」とまた明日会うかのような軽やかさで別れた。

こんなものを今、取得したところでどうするのだ。仕事に活きることは絶対無い。記念にもっていようということでもない。一緒に来た仲間と同じように当たり前のようにその場にいたというだけだ。

後で聞いたところによると、その委託会社の社長はわたしがとても気に入っていたそうだ。

「他のやつはどうも……あいつは信用できる」

直接、聞いていても進路は変わらなかっただろうけど、朴訥で無口な社長の顔が浮かぶ。本当にそんな風に思っていたのだろうか？　そうか社長とはまともに話したことは一度もなかったな。

帰って来たらこの間、東京で会った女の子から電話がかかってきた。一緒に帰った女の子じゃない方だ。そうだ、米とキウイフルーツを送ったんだ。相変わらず屈託なくよく笑う。元気そうで何よりだ。

三十歳を過ぎると頬の肉づきが気になる。還暦になってしまえば、月の石を捜すようなものだが、人生は積み上げ算でできているので、昨日の自分より今日の自分の変化に神経を尖らせる。

そんなことを考えていたら、目の前に彫りの深い顔立ちで、目は少し落ち窪んだ一重で横顔が凄くかっこいい女の子が視界に入ってきた。

会社の経理の女の子で山下ケイコ。二十歳。笑うと素敵。もっと笑わないかな。彼氏がいるのかな。

新入社員で男たちの恰好の餌食だ。

「おまえＡＶ女優みたいだな」

「ほ？」

「よく似たやつがおるぞ」

「見たの？」

営業の男連中がやって来てからかっている。

こんな頬の肉づきのいいやつでも話してくれるのだろうか。

以前、結婚を前提につきあっていた女性がいた。島原律子。久し振りに電話がかかってきた。特に驚きもしなかった。

よく会っていた刈谷の「コーナーポケット」で会うことになった。ここは入口からすぐ左右に分かれていて左側がカウンターに近いテーブル席。右側は白い木製のテーブルと椅子が置かれていた。特に好みはないがこの時はカウンターに近い方に陣取った。カウンターに近い分だけ少しザワザワした感じがする。

律子とは別れてしまったけど、特に仲が悪いわけではない。理由ははっきりしている。信仰上の問題だ。あまりにも頑なで理不尽な物言いに、おれと信仰とどっちをとるのだ！と問い詰めたら

「これを信じていたからあなたに会えた」と言われ、一瞬、世界が止まってしまった。

とにかくよく喋る。何かテレビドラマの影響なのだろうか、センテンスが切れない。言葉が差し挟めない。何度かそれが続くと、話すことが面倒くさくなって、呑み込んでしまう。

「やだ、まだ注文していないよ」

何を話すのかというのは重要なのではなく、話していることが大切なのだ。

島原律子は同じ信仰を持っている人と付き合っていると聞く。そんなことはおくびにも出さ

ない。

　もちろん、そのオトコのことが話題になることもない。楽しそうだから楽しいのだ。

　次の日は前職の最後の給料の受け取りに行った。受け取り場所は愛知教育大学近くの委託管理している温水プールだ。この場所はとても好きだ。桜の名所で知られる洲原公園のほとりにあり、どこか隠れ家的な感じのする温水プールなのだ。

　入口を入っていくと左側に観覧席がある。そこからプールが見渡せる。

　日曜日ということもあって、十一月といえどもそこそこの人数で賑わっている。

　しばらく、そこから眺めていたが知っている人は見当たらない。

　正面に関係者の入口がある。職員と監視員はここから入る。

「こんにちは」

　あっ、と言って主任の高森は机の中をまさぐり出す。

　高森は右側にプールが見える位置に座っているので、わたしは高森の左側、プール正面が見える位置に座る。わたしの前にいた若い監視員はそそくさとどこかへ行ってしまった。

　なかなか目当てのものが出てこないらしく、高森は同じところを何度も見返している。

「だいぶ人が変わったね」

「ええ」

「畑野とか来ないの?」

「ええ」

わたしは旧知の名を出したが、それはどうも本当のようだ。

それにしても、こうして、短パンを履いて、プールに来る人たちの安全管理をしながら、そして、ささやかに水泳を教えながら過ごした時間は何だったのだろう。何を考えながら過ごしていたのだろう。こうして、仲間とたわいないことを話しながら興じたことが楽しみだったのだろう。アルバイトは大学生が多く、彼らには確かに青春の一ページなのだろう。しかし、ここに社員でいたところで人生の先があるわけではない。休憩時間に泳いでタイムを競ったり、近くの洒落た店でランチをとったり、せいぜいそんなところがすべての幸せなのだ。それは薄々感じていた。しかし、こうして離れてみると明確な色彩で眼前に現れる。

高森は何を考えているのだろう。ゆくゆくは地元の浜松に帰っていくとは聞いている。では、そのゆくゆくの手前の今は、ゆくゆくの姿を思い描きながら過ごしているのだろうか。アルバイトの学生と興じながら自分の将来を考えているのだろうか。そんなことを薄ぼんやり考えて

いるうちに
「ありました」

高森の上ずった声がする。

薄っぺらい封筒がファイルに入っている。

「確認してもらえますか？」

わたしは封筒を空け、中身を確認する。最後の月はほとんど出勤していないので、僅かばかりの金額だ。小銭まで数えて、

「合っているよ」

高森はほっとしたように視線をそらせている。

「あまり邪魔しちゃ悪いから行くわ」

高森はますますほっとしたような表情を浮かべる。

わたしはそのまま関係者室を出て、まっすぐ出口の方に行く。

十一月末の湖畔は少し肌寒い。空気が澄んで突き抜けているような空だ。

新しい環境と今まで過ごしてきた仕事との境界線を見極めることは難しい。

ミサエのこともそうだ。季節が変わったからと言って急に気持ちが変わるわけではない。新

しい出会いがあったって、急に今までのことがシャッターを閉めるかのようにクローズしてしまうわけではない。

考えても答えは出てこない。

二十九歳という年齢はもう若くない。何かを始めるには無謀であってはならない。では、どうするのか。頭の中だけでは到底思いが及ばない。ここはそんな人には心落ち着く湖畔なのだ。それだけが唯一の救いだ。

朝から刈谷の労働基準監督署に行く。三六協定[x]という残業・休日労働に関する届出を提出するためだ。これを提出しないと残業・休出ができない。後に労組側になった時、三六協定を結ばないということはストライキに次ぐ、争議行為の代表的なものであることを知る。そのために会社と労組で取り決めを交わし、所轄の労働基準監督署に書面を届けることが義務づけられている。労組の委員長はよく総務へ顔を出した。人の良さそうな、それでいて、人を引っ張っていく意志の強さのようなものを感じた。従業員五百人規模の労組なので、専従体制は敷けず、基本的には勤務時間中は職場の仕事に従事している。委員長の職場は保全といって、設備の保守点検が主な仕事だ。

三六協定の締結にいちいち労使が議論を交わしているわけではない。基本的には一年間の期限で締結するのだが、変動が激しい月などは月度で提出する必要がある。まだこの当時は上限時間について特に厳しい決まりはなかった。届けていさえすればいいのだ。そして、事務職などはほとんど管理が行われないまま、タイムカードの記載通りの残業・休出手当が支払われる。サラリーマンというのは不思議な稼業だ。お金を稼ぐのに会社に居ればいいのだ。仕事の早いやつなどはお金にならない。現場でさえ、小単位の組や班が管理していて、ほとんどが組長や班長のさじ加減ひとつで決まる。現実にわたしと同じ日に入社したやつは、もうすでに残業が六十時間を超えていた。残業は基本給の三割増しなので、数十万円になる。中途で同じ日に入ったやつが仕事上のスキルの違いがあるとは思えない。何が違うかといえば、会社にいる時間が違うだけだ。会社に長いこといることが会社への忠誠心と比例して、そのおかげで多くの金銭を受領できるという理屈なのだ。そんなことが最初からわかっていたのだろうか。人の良さそうなやつだけど、急に人知れず微笑む悪魔みたいに思えてきた。一応、礼儀として遅くまで大変だねえ、と言うと、

「いや～本当に。早く帰りたいよ」と顔を歪めて深刻そうな顔をする。

なんという悪魔！　しかし、基本的に全ての社員はこの悪魔と同じ考えと演技力を持ち合わ

せていて、矛盾点を指摘すると、仕事をしていないやつに思われる。誰も仲間がいない。

労組は労働時間の短縮を標榜しているが、労働時間が減ってしまっては困るのだ。そんなことが一ヶ月も働いてくればわかってくる。というよりそんな疑問点ばかりが、思考の大半を占めるようになってきた。

いまこうして労働基準監督署に三六協定を提出しに来ている自分は、悪魔の片棒を担がされている共犯者なのだ。わたしは仕事が遅いのは嫌だ。さっさと片付けてジムや水泳に行きたい。自分の時間を有効に使いたい。お金が欲しくないわけがない。しかし、こんな悪魔の理屈で稼ぐぐらいなら、定時になったら、即消滅したい。ところが、定時で帰ろうものなら、まず一同のぎょっとした顔が向けられる。悪魔が一斉に蜂起するのだ。

「いや、今日は用事があって」

何しろ自分が悪者であることを顔を歪めて絞り出すように言う演技が求められる。平気にしていようものなら、会社から給料をもらっていて恥ずかしくないのか、という台詞をあぶり出しのように顔に表出させられる。それが周りぐるりとそうなのだから、とても勝ち目はない。負けてもいいのだが、とにかくわたしはその場を立ち去りたいのだ。そのためには自分が悪者であることを顔を歪めて絞り出すように言う演技は必須条件なのだ。

監督官はひと通り書類に目を通して受領印を捺して返してくれた。この人たちはこんな悪魔のやりとりをわかっているのだろうか。実際、働き過ぎゆえに生じる過労死の問題は後をたたない。しかし、背景にこうした悪魔の微笑みがあることを知っているのだろうか。過労死を取り囲むように芳醇な悪魔の晩餐が用意されていることに気づいているのだろうか。

「そんなことといちいち構っていられるか」

無言の返答が帰ってくる。そりゃ、そうだ、入社したてのフリーター崩れが真っ正面から取り組む問題ではない。全ては基本給のみの安い賃金の恨み節なのだ。

水泳指導員二種の合格証が届いた。忘れかけていたが合格は嬉しい。岩田に電話した。

「合格証届いた？」

「届きましたよ」

当然だと言わんばかりの言いように少し腹が立つ。岩田にとってはこの合格は仕事上必要なのだから、当然のこととして言い放つ。そんな引け目なのか、勝手に少し劣等感を感じる自分がいる。

「よかったな」

「ええ」

「最近、どうよ」

「何も変わらないですよ」

「そうか。シーズンじゃないしな」

温水プールが中心の管理業務とはいえ、やはり、夏の忙しさと比べたら比較にならない。夏期のバイトもほとんどいなくなるので、閑散としている。ずっと同じ仕事をしている岩田が少し羨ましい。先の将来のことよりも、現実を生きていくことの方が大切だ。少しくぐもった岩田の声に軽く嫉妬する。

「また飲み会やりますから、連絡しますよ。みんな会いたがっていますから」

まんざら、嘘でもなさそうだった。少し気持ちが軽くなった。

「会いたいなぁ」

ほんの短い会話だったが、少し気が晴れた。皆の顔が浮かぶ。新しい人生を歩み出したとは思わないが、端から見れば将来の人生に向かって歩み出したように見える。二十九歳の自分にとって、それは大切なことではないか。もう若くはない。言い訳のできる年齢ではない。今の自分にとって、その感覚は拭い去れない。もう勝手なことはできなくなっている。

山下ケイコは今日も休んだ。どこか調子が悪いのだろうか。辞めてしまうのか。男と別れたのだろうか。辞めてしまっては嫌だ。この頃は頭の中のほとんどを山下ケイコが占めている。浮遊物がずっと頭の中を漂っているような感覚だ。現実にいる時よりもいない時の方が浮遊物が大きく、よく動いている。

十一月の末になると冬の賞与の計算が始まる。まったく初めてのことばかりで息つく暇も無い。この頃の給与や賞与のシステムは辛うじて手計算の時代を脱したばかりで、少しずつ電算化されはじめた頃だ。当然、管理職にはチンプンカンプンだ。従って、「頼むよ」って言われて丸投げである。本来は入院しているやつの仕事だが、わたしがすることになった。そのために中途で採用されたのであるが。従って、指導は経理の係長。わたしよりひとつ上で地元の私大を出ている。温厚そうな育ちの良さそうな人物だが、上からの指示には忠実。典型的なサラリーマンだ。その彼と話していて、印象に残ったことがひとつある。唐十郎さんの状況劇場が来県し、興行を観にいったそうだ。

「それは貴重だったたね」

「大変なところに連れて来られたと思った。根津甚八がいた。何が何だか、わからなかったよ」

簡単にわかってたまるか。それを聞いて一安心したことを憶えている。今のわたしにとって大事なことはそんなことより賞与の計算がきちんとこなせるかどうかだ。ひとつひとつにとても時間がかかる。一応、マニュアルは用意してくれたのだが、実際やってみないとわからない。

賞与はボーナスだと思っていたのだが、労組の委員長から怒られた。

「ボーナスではない。年間の給与の一部だ。だから、賞与だ」

わたしも年間の給与という考え方で良い。その方が安心できるので、すんなり受けいれた。

年間の賞与は会社と労組の話し合いで決まる。だいたい三月くらいに決めているので「春闘」といった。生活をかけた戦いの構図なのだ。そこで年間の賞与の月数を決める。春夏二回支給されるので、その配分も決める。本給、定率加給、定額加給、役職手当、住宅手当、家族手当、通勤手当すべてに配分の月数をかける。配分月数は各個人によって異なる。成績評価が加わり、その配分が全体の二割を占めるからだ。自分の成績がどうなのか皆知らないだろう。しかし、賞与決定後、等級ごとの配分表が配布されるので、逆に自分の成績がわかってしまう。不思議な構図だが、何だかサラリーマンの縮図みたいだ。

この温厚な経理係長は辛抱強く教えてくれる。こうした人にはやはり唐十郎さんの世界は理解できないだろうと思いながら、真摯に聞いているのだ。

翌日、ようやく山下ケイコは出社した。

向かい合わせの机のもうひとつ向こうが経理室の塊だ。わたしから見ると山下ケイコは四〜五メートル先の正面に座っている。

「電話だけでも嬉しいでしょ」

「うん」

何のことかわからないが、何だか胸騒ぎがする。何だか周りもザワザワしている気がする。何なんだろう。山下ケイコのことか、わたしのことか、全く別のことか。或いはわたしがそう感じているだけかも知れない。いずれにしても山下ケイコが目の前にいるだけでわたしがザワザワしているのは間違いない。時折、こちらを見ているような気がする。目が合うわけではない。そんな気がするだけだ。わたしが彼女を見る瞬間を察してほんの少し前に目をそらせているのだろうか。見られている感じ。見ていたい気持ちがそうさせるのか、わからない。わたしと彼女の間には二人座っている。一人でも座っていれば彼女は見えない。残念と言うより少しホッとする。

同じ総務室に同年の女性がいる。独身でなんとなく気を引きたげでよくウロウロしている。町村紹子だ。仕事は良くできる。それはいいのだが、近くに座っている役員が町村紹子が席を立ち上がる度にお尻を触る。町村はその度に苦笑いするのだが、みっともなくて仕方がない。もちろん町村に対してではなく、その役員に対してだ。銀行から出向してきてそのまま役員に居座った人間だ。銀行でもこんなことをしていたのだろうか。町村は慣れたもので軽くあしらっている。飄々としてそんなことを平然と行うこの役員はどんな人生を送ってきたのだろう。何だか馬鹿馬鹿しいから考えるのをやめた。

夜は久し振りに小中の同級生の井森に会いに行く。鈴鹿へ一緒にＦ１を観に行ったあの井森だ。彼の家は近くなのでよく遊びに行った。前を通りかかって、彼の部屋の電気がついていれば窓ガラスをコンコンと叩くのだ。大学を出て、地元のスーパーに勤めている。入社から七年経って、いろんな悩みが鬱積している。普段はここで話し込むことが多いのだが、珍しく

「ちょっと場所を変えようか」と井森が言った。

「パームツリー」は白を基調にしたコテージ風のレストランだ。落ち着いて話し込みたい時はよく利用する。彼はこの年代特有の悩みを訥々（とつとつ）と話す。同じ時代を過ごした者同士悩みは共通する。将来の自分の姿はまだ見えない。会社は辞めたいと言っている。先日、ホンダのディー

ラーに連絡したと言っていた。しかし、スーパーの上司になだめられ、とても悩んでいる。

「そうだなあ。悩むなあ」

とはいえ、そんな深刻な感じでもない。彼の職場は三河三谷の海に近い郊外型のスーパーだ。車利用が増えるにつれ、どんどんこうしたスタイルになっていくのだろう。そこの生鮮食品売り場で働いている。

「毎日、野菜に囲まれて嫌になってくる」

バイトのレジの女の子と付き合っている。たまに爆発しているが、ぞっこんなので別れることはない。

彼の職場には良くバイクで遊びに行った。適度な距離で何と言っても海が近いのはいい。片岡義男の小説の主人公になれる。そんな彼とこうしてレストランで話し込むのも久し振りで、お互いの決起集会みたいになった。

「まあ、頑張ろうや」

青春に結論などないのだ、と少し世の中に拳を突き上げる。

島原律子に電話した。

「どうしたの?」

相変わらず屈託のない声だ。とても結婚破棄した相手とは思えない。

「つまんないよ」

「サラリーマンなんてそんなもんよ」

いきなり大上段に言われて面食らった。しかし、律子の屈託のなさが嫌みではなく、そんなものだと教えてくれている。一瞬、この子と結婚していたらどうなっていただろうという考えがよぎった。律子の信仰を受け入れることができたのだろうか。わたしばかりではない、家族もいる。おふくろの困惑した顔が浮かぶ。律子はこちらの状況がわかっているのだろうか。全部俯瞰的に見ていて、全部わかっていて、引き出しを少しずつ開けてこちらに合わせているのだろうか。それにしても、たいした余裕だ。次第にこちらが愚痴を言っているのが、嫌になってきた。

「どうしたの?」

心配して言ってくれたのだろうが、それさえも余裕綽々に聞こえて完全に喋る気力を失ってしまった。

「また電話するわ」

「そうね。元気でね」

律子が先に電話を切った。かけて良かったのか、何だかモヤモヤが残る。

十二月

「髪の毛縛ったんだね？」

「ボサボサになっちゃったもん」

山下ケイコとそんな風に気軽に喋れるようになった。

気になって、気になって仕方がない。

ケイコが幸せになってくれたらいい。世の中は有機的に繋がっている。

わたしが関われたらもっといい。

メモ用紙にさっと書いた。周りは慌ただしく動いているので誰もわたしに気をとめやしない。

同期の女の子が集まって喋っている。

「本当に彼氏振ったの?」

同期の中で一番背の高い女の子が見下ろすようにケイコに聞いている。ケイコの答えは聞き取れない。

鼻が高く、顔が細く、目は大きく一重で、少し吊り上がっている。横顔がなんとも言えず見惚れてしまうほど美しい。ずっと見ていたい。ケイコはわたしの視線に気づいているようだ。気づいていて、こちらを見ないようにしている。ケイコの気遣いだ。あまり気を遣わせてはならない。と、意識をはずそうとするのだが、ケイコの横顔が頭から離れない。席を立ってトイレに行く。結局、変わらない。困った。

「言い方がキツかったら謝ります」

ケイコは電話に向かって謝っている。


意識して変化できる、色合いの変化もある。求めるのは絶対的な美。意識との合致は難しい。しかし、合致しない美はない。絶対的な美以外では引き下がらない。

また、さっとメモに書いた。この子を見ているといろいろな言葉が浮かんでくる。創造のアシストだ。彼氏なんていようがいまいがどちらでもいい。

「彼女つくらない主義かな」

背の高い女の子の声が聞こえてくる。わたしのことかな。

ケイコとの間にまた人が座る。少し経理室の配席が変わったのか、ケイコの前の席に座っても、配置が少しずれたために、ケイコの顔は見える。しかし、こちら側の目の前のおじさんはどうにもならない。前に座ったら世の中が塞がれたような気持ちになる。電話をしながら大きな声で笑っている。何が面白いのだろう。やたら声がでかい。目の間にいるわたしなどまるで眼中にないかのようだ。

PERFECT。これ以上のものは存在しない。

書類の片隅に目の前から遮られたケイコを想像した。

次の日、初めてケイコを誘った。同じ経理室にいる女の子と一緒に。どうやって誘ったのかわからない。残業を少しして、その帰り際、それとなく声をかけたような気がする。戦略があったわけではなく、とにかく必死だったのだろう。その必死さが鼻息荒かったら敬遠されていたかもしれないが、うまく彼女の心に響くような必死さだったのだろう。もう一人の女の子と一緒だったのも安心感があったのかもしれない。とにかくケイコとその同僚はわたしの車に乗ることになった。車はスポーツタイプだったので、後部座席はないに等しい。乗れても小さい子どもくらいだ。女性同士も察したのかケイコが助手席に座った。

「ごめん、すぐ近くだから」

心からその同僚の女の子に詫びを言った。本当に申し訳ない。こうしてはじめてケイコを助手席に乗せたのだが、己のエゴを感じながらの、少し後ろめたいドライブになった。

「パームツリー」は会社のすぐ近くだった。女性二人はわたしの向かいに座った。とりとめもない会社の話に終始した。残業後なので、あまり遅くなってはいけない。こうしてとにかくわたしはケイコと面とむかった。帰りもケイコは助手席に座った。同僚の女の子には申し訳ないが、もうこうした変則的なデートはないだろう。二十九歳の自分はあまりにもエゴイストだ。とにかくケイコといたい。後部座席の女の子には土下座して謝りたいがこの構図を失いたくない。五分で会社の駐車場に戻ってきた。真っ先に後部座席の女の子に謝った。女の子の微笑みに救われた。

二人はそれぞれの車に向かっていく。指定駐車場なので、同じ部署の二人は並んで同じ方向に歩いていく。

「好きになれそう？」

「わからない」

叫ばなければ届かないはずの距離で二人の会話が聞こえてきた。わたしは二人の後ろ姿を見つめていた。そんな会話はわたしのイメージの世界かも知れない。少しずつ進んでいく。不思議とそんな予感がしたのだ。

夜の十一時過ぎ。ケイコに電話した。

「凄く、緊張していたんだよ」

好きだよ、心の中で何度も呟いた。気づいたら日付が変わり、「夜の静寂のなんと饒舌なことでしょう」、ラジオから「ジェットストリーム」の城達也の名調子が聴こえてきた。

週末の気だるさも加わって、朝からどこかボーとしている。お茶場でケイコを見つけ、誰もいないのを確かめてそっと近づいた。

決めていたようだ。

同僚の女の子は見当たらない。事前に有休を申請していたようだ。その日はできるだけケイコに近づかないようにした。ケイコは一度も目を合わせなかった。今日はこんな日にしようと決めていたようだ。

「昨日は眠れた?」

「あまり眠れなかった」

ケイコはこちらを見ずに答えた。人に見られたら困るじゃない、と言いたげだった。

次の日、わたしは見合いをした。紹介してくれた方が家まで来てくれた。そこから一緒に相手のところに行くのだ。その車が信号が変わる直前に左折したので、わたしも追従した。信号の変わり目を察して早めに発進した車がクラクションを鳴らしてきた。わたしは車を路肩に止め、車から飛び出した。その男と口論になった。これから見合いに行くというのに何ということだ。お互いに引っ込みがつかない。見かねたその紹介者が間に入ってくれた。何ということはない、こんなことは水掛け論だ。しかし、タイミングは最悪だ。今日の見合いは最低だろう。紹介してくれた方は「あいつはやめておけ」と言うだろう。もうここからの時間は必要ないと思いながら追随した。紹介してくれた方に本当に申し訳ない。

相手の女の子は飛びっきりの美人だった。西尾の「シルヴィア」で落ち合い、食事をした。

「彼女いないのですか?」

唐突に聞いてきた。わたしはうなずいた。わたしは初対面で打ち解けるのは得意な方だが、今日はいけない。前段が悪すぎるのと、目の前の女の子が美人すぎる。最初から戦意を喪失してしまっている。

実際、その子から連絡はなかった。紹介してくれた方からも連絡はなかった。当然だろう。わたしは何をしているのだろう。

その日の夕刻。プールでバイトしていた時のメンバーと再会した。見合いがうまくいこうが、駄目になろうが、あらかじめこの日に決めていたのだ。当然、見合いの話になる。

「杉森さん、そりゃあダメですわ」

後輩の調子のいいやつが言った。

「会社にいい子いないのですか?」

わたしは黙っていた。食事を済ませるとそのまま後輩の親が経営しているカフェバーに向かった。

「アミューズメントパーク」という店だ。東刈谷の大通りから少し奥まったところにある。もともと喫茶店をやっていた経営者が一念発起してはじめた店だ。丁度時代を先取りしているような若者向けのバーだ。わたしは飲めないので炭酸を注文する。飲める人から見れば飲めないやつがお酒を飲むところに行って何が楽しいのだろう、と思うかも知れないが場は嫌いではない。しかし、そこからは楽しみ方が別れる。

飲まなければ喋れないわけではないので、喋りたい時に喋っている。週末の店内は人で溢れている。深夜一時半頃までそこにいた。酒飲みの連中はまだ名残惜しそうだった。長い一日だった。何故見合いをしたのだろう。前段のトラブルは啓示だったのだろうか。

酒の飲めないやつはノンアルコールでも酔える。今日は完全に酔った。翌日以降も見合い相手から一切音沙汰なしだった。穴があったら入りたい。

はじめて山下ケイコとデートした。正直に昨日、見合いしたことを白状した。ケイコは黙って聞いていたが、

「その人のお兄さんとわたし付き合っていたの」

「えっ」

訳がわからない。昨日初めて会ったばかりの人とケイコがこんなに簡単に接点があったこと

が現実とは思えなかった。

「すごい妹を可愛がっていたのよ」

わたしが見合いした人はケイコが付き合っていた人の可愛い妹だということだ。ケイコはしばらく窓の外を見ていた。

「一生懸命、お弁当作ったりしていたのにな」

とポツリと言った。話が急展開している。三ヶ月ぐらいのスパンを一挙に消化させているようだ。

内海に車を走らせた。途中、半田の「ウエルカム」に寄った。内海に行くときは必ず寄る定番コースだ。白い海辺のよく似合うレストランだ。「ウエルカム」を出てそのまま車を走らせる。内海への行き方は知多半島の東側の海岸線から山を越え、西側に出るコースと西側まで突っ切って西側を下っていくコースがある。風光明媚なのは圧倒的に西側の海岸線を走る方だ。しかし、わたしは東側を走るルートを選んだ。内海まで最短のコースで行きたかったのと、西側を走ったところで南向きでは助手席のケイコが景色を楽しめないと思ったからだ。

車は東側から山を越えていく。わたしの知多半島のイメージは海。いや、知多半島は山だろう、と異論があるかもしれない。しかし、今日は受け付けない。もうこうと決めてしまったのだ。だから、知多半島の山越えはわたしには少し我慢する時間なのだ。そして、ささやかな楽しみは、山を越えると西側の潮風を感じるこの瞬間だ。たまらない。

車を海岸沿いに停め、ケイコと波打ち際を歩く。

「杉森さん、目が緑色」

「瞳孔が薄いんだよ。子どもの頃から」

「色白いね。年上の人とかにモテるんじゃない」

「そうかな」

ケイコはとても気を遣ってくれている。気の利いた言葉がでてこない自分が情けない。

「みんな、カッコイイって話していたんだよ」

恥ずかしい。情けない。ケイコは海を見ながらこんなに言ってくれるのに、何も言えない。

「恥ずかしい。そんなに見ないで」

言葉が出てこない照れ隠しにケイコを凝視していたようだ。

ケイコは顔を隠し、指の隙間からこちらを見る。

日曜日の昼下がり。何組かのカップルが思い思いに過ごしている。

わたしたちはカップルなのか。不意に冷静になった。お互いの気持ちもわからないのに、まだ付き合ってもいないのに、他から見たらカップルに見えるのだろうか。ケイコは特に香水はつけていないようだ。生身の彼女の匂いが心地良い。海によく合っている。しばらく海岸線を歩いた後、わたしたちは車に戻った。そこでまたしばらく海を眺めていた。ケイコが海が見やすいように左側を海岸線につけて停めた。

「前の彼とは結婚を考えていたの？」

ケイコは黙っていた。時間は過ぎたのだ。馬鹿だった。野暮なことは聞くまい。

そのまま車を走らせ、知多半島道路を北上し、大府の「チャールストンクラブ」に着いた。冬の「チャールストンクラブ」は、秋とは違う顔を見せている。静かな佇まいは秋よりもむしろ冬の方が良く似合うかも知れない。ケイコは最初、その建物の造形に驚いていたが、やがて冬枯れの小径を噛みしめるように歩いて、店内に向かった。

あまりに濃密な時間にふらふらする。実際一時間ほど残業をするにはしたが、のどが痛い。風邪をひいたようだ。次の日はさすがに会社を休んだ。半年間は試用期間なので、有休はなく、欠勤になる。西尾市にある榊原医院に行き、薬を処方してもらう。榊原医院は会社の産業医でもあり、行きやすい。この辺りに医者は少なく、繁盛しているのか、否、地域に貢献しているのか建屋を拡張している。

そのまま近くにある「シルヴィア」に行く。この間、お見合いした場所だ。少し頭を過ったが、そんなことより体が怠い。休みたい。薬が効いてきたのか眠い。家に帰ればいいのに、家にいたら勿体ないと思うのだ。そのまま「シルヴィア」でウトウトする。不思議なことにしばらくそうしていたら体が随分楽になってきた。そのまま車に乗り、シートを倒してもう一休みする。

目が覚めるとお昼を過ぎていた。一時間も寝ていたことになる。嘘のように体が楽になってきた。気疲れだったのか。こんな経験は初めてだ。そのまま豊田まで行き、「とよたそごう」「アピタ」「VITS」を順に回る。動き回らなければ時間が有効に使えていないと思う貧乏性のせいか。体さえ動けば、こっちのものだ。様々な間隙をぬって地図を塗りつぶしていく。会社の定時までそうしていた。その時間まで豊田にいれば安城まで渋滞だ。とても病気持ちとは思えない行動だが、そうせずにはいられない。

夜、ケイコに電話する。

心配でしょうがなかった。電話しようかと思った。全然仕事にならなかった。そんなことを言ってくれたような気がする。飛び上がってもいいような気がするが、今日はダメだ。また熱がぶり返してきた。

会社の方はなんとかこなしている。毎日、少しずつ残業している。定時では帰れない。帰れないわけではないが、帰れないのだ。定時で帰ろうと思ったら、今日の用事を朝から周囲に宣伝して回らなくちゃいけない。うるさいと思わせるほどまき散らして、わかったから、帰れ、という気持ちにさせなければならない。要は仕事の量ではないのだ。大体、残業の多いやつはどこに異動しても残業が多い。職制で管理しなければならないはずだが、ほとんど個人まかせになっている。わたしは経営者ではないがこんなやつに賃金を払っていたらたまらない。ましてや、給与計算している立場からすると腹が立つ。こんな会社、続けられるのだろうか。

町村紹子は相変わらずわたしの周りをウロウロしている。会社の役員にお尻を触られているイメージが定着してしまって、彼女の才媛ぶりが認識できないのが如何とも悲しい。彼女には黙っているが、先日わたしのロッカー室に彼女のいかがわしい写真が差し込んであった。普段から鍵をかけておくわけではなく、誰でも開けられるのだが、驚いた。下着姿で誰かに押さえつけられているような写真だ。

「マチムラショウコはおまえの思っているような女ではない」

と書き込まれていた。わたしは町村紹子をよく知らないので、また変な印象をインプットされてしまった。役員にお尻を触られていることといい、社内で評判の才媛ぶりをインプットしたいのだけれど、いつも腰を折られてしまう。しかし、今回はお尻を触られているのとは、レベルが違う。犯罪度が格段に増している。ここはメーカー系列の部品会社だ。いわば世間的に認められているはずなのに、こうした犯罪もどきの行為が行われている。よく事態が飲み込めなかった。

町村紹子の嗜好をなんとなく察した横恋慕が行動に出たということか。それにしてもやることが浅ましい。町村紹子は独身だが、わたしと同年のはずだ。それなりに分別のつく年齢だ。そうした人に対する行為ではない。わたしはまだこのあまりに体たらくのやつらを見ていて、会社にいるのが馬鹿らしくなった。どうせ、誰も人のことなんて見てやしない。

そのまま洲原公園の温水プールに行く。一緒に働いていた仲間にさんざん悪態をつく。

「おとなしくしていなきゃダメですって」

一番、冷静な大学生に慰められた。

なんだかんだ言っても仲間はいい。ウォーターパレスＫＣにはまだ知った仲間で溢れている。

聡美はこの間と同じように抱きついてくる。聡美の後輩は一、二度会ったばかりだが、

「わあ、覚えていてくださったのですね」

と飲み屋のおかみさんのように言う。なんだか皇帝の帰還みたいだ。悪い気はしない。ここは監視員室とは別に奥に待機室のような部屋がある。プールの中からは見えないようになっていて、ここで食事をしたりする。週末になるとここに来て、昔の仲間と歓談する自分はまだ後ろ髪引かれているのだろう。本意ではないサラリーマンになった自分がまだ納得できていない。

吉田久子はわたしがまだ美和町のプールに行く前に知り合った子で、夏に事務所兼住居に友達と遊びに来た子だ。面倒見が良く、何かにつけて構ってくれている。わたしのやることなすことが面白いのだろう。何をしても笑ってくれる。

「杉森さん、明日どうするの？」

明日は月曜日だから普通に会社に行くのだが、どうしてだろう。また他のバイトの子にも聞かれた。そうか、明日はクリスマスイブか。世間では特別な日だ。

クリスマスイブもわたしには普通の出勤日。ミサエとはもう会うこともない。ケイコとは付き合ってもいない。

今日はクリスマスイブだ。わたしは一人でいる。

何も起こらない。

とても熱くてとても冷静である。

幸福を考えて、さて、幸福とは?と考え込む。

それより極めることの難しさ、素晴らしさ。

体を鍛え、心を鍛え、歯を食いしばって前を見る。

幸福? わからないな。

でも、その方が生きている気がする。


イブは明け、クリスマスは仕事終わりでケイコと会う。こういう日は会社で会ってもそわそわする。ほとんど目を合わせない。一日が早く過ぎればいい。しかし、こういう日に限って、話さざるを得ない状況が発生する。

呼ばれていくとケイコがいて、義務的な会話をせざるを得なくなる。心の中では「もういいよ」と思いながら、ケイコを見るとしっかりと微笑んでいる。たいしたものだ。

会社では待ち合わせできないので、ケイコの家まで迎えに行く。玄関のチャイムを押すと、

ケイコはしっかり着替えて出てくる。助手席に乗ると、微笑みながら、

「玄関のチャイムなんて押す人いないわ」

「えっ？」

わたしは訳がわからなかった。じゃあ、なぜ到着したことがわかるのだろう。

「時間になるとわたしが出ていくから」

そうなんだ。それが今時なのか。わたしは相当ダサイのだろうか。どうも納得がいかない。

ケイコはそんなことどうでもいいのよ、と言わんばかりにくつろいでいる。

「今日、会社で会った時、顔がこわばっていなかった？」

「そうだよ。こんな日に会社なんかで会いたくないよ」

「ここで会うのも一緒じゃないの」

一緒じゃない、と思いながら黙っていた。「アミューズメントパーク」にどうしても連れて行きたかったのだ。

わたしの中ではケイコとここはドンピシャなのだ。飲めないわたしはジンジャエールを頼む。ケイコは柑橘系のリキュールを注文した。ケイコはわたしの顔をまじまじ見てる。わたしの眉間を指して、

「ここにほくろがある。笑うと目尻にしわが寄る。額にしわが寄る」

頬骨を触って「これ骨なんだね。変わった顔。美術とか書きやすいんじゃない。ピカソとか。

変な顔って意味じゃないよ。人間って部分部分を見ていくと変じゃない？」

言いたいことを言っている。ピカソってなんだ。デフォルメか。

「黙っていると近づきにくい」

「話すと笑っちゃうだろう」

「色に例えると青だな」

減らず口は収まらないが、悪い気はしない。目の前にケイコがいるのだ。美しい顔が手の届くところにあるのだ。ひとしきり「アミューズメントパーク」で時間を過ごす。本当に店名の通りの時間だ。

ケイコを家まで送っていく。「アミューズメントパーク」からケイコの家まではほんの十分ほどだ。深夜なのでもっと早く着いてしまった。

ケイコを車から降ろすと、わたしはすぐ運転席から降りて、ケイコの元に駆け寄った。

はじめてケイコを抱きしめた。ケイコは何も言わなかった。静かにそのままにしていた。

ずっとそうしていたかったが、ケイコの家の前だ。

別れを言って車に乗った。ケイコはそのまま玄関から家の中に入っていった。ケイコは振りかえったかどうか、見ているようで見ていなかった。わたしはしばらく誰もいなくなったケイコの家の前にいた。

「時間になったらわたしが行くから」

そうか、今日の時間は終わったのだ。やけに静かな夜道だ。

「キスしようとしたんじゃないよ」

「なんだ」

ケイコに電話して、のっけから詫びを言った。何故、そんな会話になったのかわからないが、そんな気持ちにさせられた。朝になると思考が沈静化する。平衡感覚を取り戻す。そうすると何だか自分に非があるように思えてならない。分析するとそんな理屈になるからか。何しろ謝った。しかし、その時キスをしようと思ったのか自分でもわからない。憶えているのはケイコの体温と帰って行く玄関だけだ。時間になったら開いて、時間が来ると閉まる玄関は、わたしにとってケイコと関わる上で重要なアイテムなのだ。

年末も近くなり、今日から会社は休みになった。サラリーマンになって最初の長期連休だ。正直ホッとする。車を洗車してワックス掛けをする。いろいろなことが頭を駆け巡る。

大晦日には豊田へ行き、映画を観る。二本立てで、一本はリチャード・ギア、ジュリア・ロバーツ出演の『プリティ・ウーマン』だ。年末にリラックスして観るには良い映画だ。こうして一年が暮れる。時間は勝手に過ぎていく。深夜には雨が降ってきた。

その後

年が明け、新年になった。あろうことか、わたしは元旦にまた見合いをする羽目になった。先方が正月しか時間がとれないためだ。時間がとれないというのは本人のみならず一族郎党の都合がつくのが元旦だけだということだ。わたしは午後二時に指定されたお宅に向かった。そのお宅は幡豆(はず)郡の山間にあった。お邪魔すると確かに十人以上の人たちで溢れかえっていた。

「杉森です」

わたしは丁寧にお辞儀をした。中には小さい子どももいる。怪訝そうな顔でこちらを見ている。言い含められているのかどうか知らないが、ことによると親戚になるかもしれない輩の顔をジロジロ見ている。わたしはどこを見たらいいのかわからないが、とりあえず妙齢な見合いしそうな人の顔を捜した。なんとなくあたりをつけて、

「はじめまして、杉森です」と名乗る。

その妙齢な方は軽く会釈する。相手を間違ったとは思わなかったが、あまりに軽いノリにわたしはここに来てよかったのだろうか、と心細くなる。家長とおぼしき方に手招きされて、座敷に上がらせてもらう。そのうち、興味深そうにしていた子どもたちは、親に連れられて部屋を出て行ってしまった。一言も発しないまま事が進んでいく様が摩訶不思議で、八つ墓村か何かに来たような気持ちになる。

わたしと妙齢な方は机をはさんで向かい合わせに座る。そのうち母親と思われる方がお茶を運んできた。

「どうぞ」

「どうもすみません」

母親はお茶を置くと、そのまま部屋を出ていってしまう。事前に名前を聞いていたので、名前を言うと軽く返事をされた。これってお見合いですよね、と聞くわけにもいかず、たわいも

ない世間話を繰り返して、その場を取り繕う。相手の方はまるで興味なさそうだ。話に興味がないというよりも、わたしに興味がなさそうだ。何でわたしがこんなことしなくちゃいけないのか、と顔に書いてある。頃合いを見計らって「今日はこんなところで」と言うと、「はい、そうですね」とやけに歯切れがいい。

相手の方は奥に行って、しばらくすると戻ってきた。家長とお茶を出してくれた奥さんと思われる方が後に着いてきた。三人とも正座して、

「今日はどうもありがとうございました」とハモるように丁寧にご挨拶される。わたしも恐縮して、

「いえ、こちらこそ。どうもありがとうございました」と頭を下げる。そのまま何度も頭を下げて、ようやく外に出る。さすがに外まで見送りに来られていないようだ。わたしはホッとした。

家に帰ると紹介してくれた方から電話が入る。先方はまんざらでもなさそうなので、必ず電話するようにと伝えてきた。わたしは教えられた電話番号に電話すると、その相手の方が出られて、翌日、会うことになった。お迎えにまたあの山間の村まで行かねばならない。

そんな元旦を過ごしているうちに日が暮れてきた。正月なので叔父や叔母が訪ねてくる。こ

こからは普段の正月だ。親父が大好きなスキヤキをグッグツ煮ている。親父は酒がもともと飲めない。しかし、十年前、地元の神社の御遷宮があり、その時に地域の取り纏め役をやっていたので、夜毎に酒の接待をしているうちに大の酒好きになった。しかし、決して酒が強いわけでは無く、何度も危ない思いをしている。昔のことなのでそれですんでいたのだが、家族から見ていても危なくて仕方がない。第一だらしない。いい加減にしてくれと思うのだが、楽しそうなので仕方がない。特に今日は正月だ。親父が家長として好きなように振る舞っている。その後は親戚と正月番組に興じながら過ごす。いつもの正月だ。

正月の二日目。普段であればゆっくり起きて、昼頃に大学ラグビーの準決勝を観る。ところが今年は人と会わなければならない。昨日、見合いをした方だ。本人の感じは悪くないのだが、またあの家に行かなければならないかと思うと気が重い。早めに家の近くまで行き、時間潰しをして、頃合いを見計らってお宅に向かう。わたしの気持ちを察したのか、本人は玄関先で待っていてくれた。

その辺りは特に知っている店もないので、地元に帰り安城の「メゾン・ド・ヌーヴォー」に行く。品のいいマスターが経営する洋食の人気店だ。一番人気のハンバーグステーキを注文する。

「親戚がいっぱいいて、びっくりしたでしょう」

「ええ」

わたしは正直に答えた。

「叔母さんが三日前に急に言ってきたものですから、わたしもびっくりして……」

「そうなんですか。わたしもそれぐらいのタイミングで言われました」

二人して笑った。感じのいい人だ。一重の目が笑うと一層細くなって、笑顔にとてもよく調和している。このままこの方と付き合うことになるのかわからない。ケイコは恋人とはいえない。ただの会社の同僚だ。ケイコと結婚できるとは思わない。

ひとしきり話した後、自宅まで送っていった。正月の道路はとても空いている。

「ありがとうございました」

女性は丁寧にお辞儀した。人と人が出会う確率はどれくらいなのだろう。とにかくわたしたちは奇跡的な確率で出会ったのだ。

「こちらこそ、ありがとうございました」

わたしは車をゆっくり走らせた。学校の先生をしているということだった。たまたま正月だったから時間がとれたのだろう。三学期が始まれば、また忙しい日々を過ごすに違いない。あの感じのいい笑顔で子どもたちはおろか、同僚の先生たちの憧れの的に違いない。

家に帰って録画しておいた大学ラグビーをゆっくり観ようと思っていたが、ラジオで結果が流れてきた。慌てて消したが間に合わなかった。母校が勝ったから、まだ良かったが、楽しみがいっぺんに消えてしまった気がした。

会社は明後日から出勤日なので、その前にしなければいけないことがいくつかある。わたしは給与計算の担当なので、稼働日四日までに済まさなければならない。今月は正月があるので三日でこなさなければならない。そのためには先月のタイムカードの計算などをしておかなければならないので、休日出勤が必要になってくる。休日出勤は周りに人がいない上に、時間管理も事前の申告さえしておけばフレキシブルにできるので、気楽なものである。給与計算をしていると、こんなに休出が必要なのかと思うが、いざ自分が出勤する立場になると気持ちが良くわかる。勝手なものだ。しかし、時間管理は大切だ。早く終わって早く帰宅しよう。そうしたささやかな矜持を失ったらやっていられない。

なんとか午前中に仕事のキリをつけた。久し振りに泳ぎたくなった。

気分転換も兼ねて洲原公園まで足を伸ばした。まだ顔見知りのバイトも何人かいる。みんな特に驚く様子もない。どうせサラリーマンなんてもたないだろう、と思われているに違いない。わたしも聞かれたら、多分、そうだ、と答えるだろう。

正社員の時に水泳指導員の資格を取った。試験はまず筆記試験があり、次に百メートルのタイムを計測する。バタフライ、背泳ぎ、平泳ぎ、自由形の順に各二十五メートル泳ぐ。合計で一分四十秒が合格ラインだ。次に横泳ぎ。これが難しい。正確な動作が求められる。足の開き具合、足の甲や足裏の使い方など細かくチェックされる。不合格の場合は大体ここで引っかかる。さらに県によって難易度が違って、愛知県は厳しいから静岡県の方が取得しやすいとか。半ば都市伝説なのだろうが、わたしは静岡県で取得した。更新制なので今持っている資格の期限がきたら、失効する。もう永遠に必要ないだろう。

新年早々で、しかもこんな季節に誰もいないだろうと思っていたが、結構混雑している。泳ぎに飢えた人と遠出を控えた家族連れなのだろう。コースは右側通行になっていて、途中で立ち止まることは禁止されている。追い抜く場合は暗黙の了解でコースの端に来た時にすることになっている。

わたしはコースでひとしきり泳いだ後、フリーレーンでゆっくり歩いていた。ここは小じんまりとした温水プールで流水プールもスライダーもない。しかし、洲原公園の一角にあり、どこか隠れ家的な趣がある。会社に入ってからも泳ぐときは、元いた刈谷のウォーターパレスKCよりもこちらに来ることが多いのは、そんな理由からかもしれない。

新しいバイトの子もいて、旧知のバイトの子とわたしが喋っているのを不思議そうに見ている。

本当にわたしにサラリーマンが勤まるのだろうか。まだ二ヶ月だが、先のことなどまるで見通せない。

次の日も休日出勤。今日は何が何でも早く終わらせなければならない。ケイコと「ニューヨークパパ」に行くのだ。「ニューヨークパパ」は豊田と岡崎に店舗があり、名前の通り都会的でお洒落なレストランなのだ。今日行くのは岡崎店だ。夕方までに仕事を終わらせて、急いでケイコの自宅へ。いつものように時間になると黒い扉からケイコが現れるのだ。

「二十九日っていなかったんだよね」

「えっ？」

年末の二十九日は家に居た。確か車を洗車したりして、ゆっくり過ごしていたはずだ。

「そんなこと言ったたっけ？」

ケイコは頷いた。ケイコはもしかしたら予定を空けてくれるつもりだったのかもしれない。何故、そんなことを言い出したのだろう。考えを巡らせても思いが及ばない。ケイコは静かに外を見ている。

岡崎の「ニューヨークパパ」は安城から行くと国道二四八号線を渡って、坂道を登っていくと、高台のてっぺんにある。店内からは西尾方面が見渡せる。正月は明けたが日曜日ということもあって店内は混雑している。若い恋人風の男女が多い。しばらく会っていなかったが、今日のケイコは一段と綺麗だ。鼻梁から鼻が高くて、日本人離れした横顔だ。目は大きく、一重で少し落ち窪んでいる。時折、媚びたように上目遣いに見る仕草は、男を惑わすには十分すぎる。こんな田舎で出来すぎた容姿をもっている。

「さっきの話、気になって」

わたしは思いきって聞いてみた。ケイコはしばらく黙っていた。

「電話するかもしれないよ」

答えにはなっていないが、嬉しかった。言葉よりケイコの真剣な表情に心打たれた。

高台の窓から見える夜景は、心を狂わすには十分だ。酒も飲まずに酔いが回ってきた。

ケイコは結構飲んだ。美しい顔がほんのりピンクに染まっている。

今日から出勤日。年間カレンダーで出勤日が決まっている。労組との話し合いで四月から三月までを年度としている。新年なので社員全員が食堂に集まって、社長の話を聞く。そこかしこで

「本年もよろしく」という挨拶が飛び交っている。それが終わると三々五々、各職場に戻っていく。

ケイコはつれない感じで、何となくわざと目をそらせている。給与計算をしなければならないので、ケイコのことを気にする間もなく一日が過ぎる。

夜、気になってケイコに電話する。

「昨日はごめんね。心配かけて」

わたしは何のことかわからなかった。あんなに楽しそうにしていたのに。たわいもない話をしただけだったが、ちょっと気になった。ケイコの同期は皆、元気がいい。事務所の女の子はだいたい短大を卒業して入社してくる。ケイコは地元の電機メーカーが第一希望だったらしい。しかし、落ちてしまって、この会社に来たそうだ。この会社は従業員五百人くらいの製造業。

所謂中企業で、この規模にありがちなオーナー企業である。ケイコがどうしても入社したいと目を輝かせるような会社ではない。しかし、ここに来てくれたおかげでこうして出会えたのである。わたしは地元の電機メーカーに感謝した。実際この会社に来る楽しみはケイコが全てだ。いつもケイコのことを考えている。

そんな邪気に罰があたったのか、それから二日間は頭が痛く、お腹も痛く、体も怠い。しかし、給与計算を間に合わせなければいけないので、這うようにして会社に行く。何とか間に合わせたら倒れ込みたくなった。家に帰ってケイコに電話した。

「杉森さんの顔、絵の具みたい」

ケイコは面白がって言った。電話で言うな。

結局二時間電話した。朦朧としていた方がイメージが膨らみ、伝えたいことがはっきりする。

「ケイコ、ありがとう。好きだよ」と心の中で言った。

「杉森さん、明日遊んでくれないのか」

ケイコは笑っていた。明日は無理だ。無理を承知で言うコンチクショウだ。

やっと週末になった。体調も何とか戻ってきた。

「昨日はごめん」

「許せん」

ケイコは笑っていた。会社でこんな会話をするのは初めてだ。気の弱いわたしには無理だ。スリリング過ぎる。とにかく今日はゆっくりすることにする。

しかし、何となく体調も良くなってくると体が疼きだした。鈍った体には水泳が良いという出鱈目な理屈で会社が終わると洲原公園のプールに向かった。今日は知った顔が大勢集まっている。

聞けば仕事が終わったら皆で東刈谷の「アミューズメントパーク」に行くとのこと。

「杉森さんも行きませんか？」

一番古くから知っている畑野が誘ってくれた。理詰めで考えれば、朝からの自分の行動はまるで正反対のことをしている。しかし、それは体調が悪いからこそ成り立つ理屈であって、体調が回復した今、それは成り立たないのだと自分の心に軌道修正をかける。ケイコの顔が過った。「許せん」もっともだが、仕方ない。確率の低いくじを何度も引いてたどりついた居場所なのだ。

わたしはバイト連中と「アミューズメントパーク」に行くことになった。総勢でわたしを入れて七名。ここでバイトをしていたやつの親父さんが経営しているのだが、親父さんには会ったことがない。若い連中のエネルギーは凄まじい。ずっと喋ってはしゃいでいる。飲み会は嫌いではないが、所詮飲めないので、せいぜい三時間ぐらいでエネルギーが切れる。バカ騒ぎしている連中を俯瞰的に見るようになる。よくこんなに自分の言いたいことだけ言っていられるものだ。人の話は聞かなくていいように酒の力で人間の回路まで変えてしまうのか。完全に会話のロジックが崩れるのだ。こうして際限がない時間が訪れるとわたしは決まって眠くなる。閉店時間は深夜二時だ。やっと辿り着いた。バイト連中は名残惜しそうに店を出る。わたしは完全に眠っている。これで自宅に帰れたのだから不思議だ。

月曜日の仕事終わりにケイコを誘って高浜市にある「オリンズ」に行く。ケイコは駅から会社のバスに乗って通っているので、わたしと会う時はバスに乗らない。残業する人もいるので、時間になるとバスは出発してしまう。だから、ケイコがバスに乗っていないからといって、とやかく言う人はいない。しかし、ケイコと待ち合わせるのに、さすがに会社の駐車場ではまずいので、適当な場所を決めている。ケイコは時間になるとやって来る。玄関で待ち合わせる時と一緒だ。

「杉森さん、目が潤んでいるよ」

「えっ？」

まったく自覚がなかったので少し驚いた。自分で自分の言ったことをよく憶えていない。ケイコに気持ちを伝えたような気がする。ケイコの気持ちはどうなのだろう。猫の目のようにくるくる変わっているような気もする。一字一句気にしていても意味がない。何しろ相手は猫なのだから。「オリンズ」は流行の木製のコテージ風のレストランだ。中二階があり、そこは人目につかないようになっている。わざとそこを選んだ訳ではないが、今日の気分は中二階が合っている。

ケイコの顔をまじまじと見た。ケイコは目を合わせないようにしている。そのうち手で顔を隠した。ケイコのよくやる仕草だ。

「あまりジロジロ見ないで」

そう言われてジロジロみる訳にもいかない。

「ごめん」

それにしてもよく付き合ってくれる。断られたことはない。そんな風だから錯覚してしまうのだ。「人は言葉より行動を信じよ」という人がいる。その通りならわたしたちは完全に恋人同士だ。しかし、そうではない。どこかいつも隙間風が吹いている。恋愛はお互いに同じ温度ではない。これは誰かが言ったのではなく、わたしがそう思っただけだ。今日はこれくらいにしておこう。もう玄関が開いて帰る時間が近づいている。

ケイコの家の玄関が浮かぶ。しかし、冷静になって考えてみれば時間に合わせて待っていたのはケイコだけではない。否、玄関のチャイムを鳴らして相手を呼び出したことなどない。何故、ケイコだけ玄関のチャイムを鳴らすことが自然で、待ち合わせることを不自然に感じてしまうのだろう。道路に面した門柱から階段を上がった玄関がよく見えるからか。何故だろう。どういう子なのだろう。わたしはこの子が本当に好きなのだろうか。町内の回覧板を渡すようにチャイムを押しただけなのだろうか。考えれば考えるほど、わからなくなる。ケイコが顔を隠す仕草をよくするのはわたしの思考を煙に巻くためなのか。ケイコの家の特徴のある黒い玄関が魔界への入口に見える。

ケイコとは毎日のように電話している。会社でも会っているのだから、始終、ケイコが目に入っているか、声が聞こえているかどちらかだ。

アメリカを主導とする多国籍軍がイラクへの空爆を開始した。イラクによるクウェート侵攻をきっかけに、国際連合による撤退要求と経済制裁の後の攻撃だ。

「好き？」

「まだわかんない」

結局、どちらかが堪えきれず気持ちを確かめる。どちらが聞いても答えは同じだろう。


情けない。みっともない。

恋している。答えがない。

力が入らない。

逃げ出したい。

胃が痛い。意識が遠のく。

出口はあるのか。光はあるのか。

意識の覚醒はあるのか。

こんなことをしている場合か。世界は動いている。

まるで身動きできない。

瞳が閉じる。眠りたい。すーっと。

それなのにどうしてそんなに近づいて来るのだ。やはり猫だ。

ヤマハXV四〇〇を駆って内海に行く。このアメリカンタイプの国産車は後に発売されたホンダ・スティード四〇〇と人気を二分することになる。どちらかという硬質で男性的なスティードに対してビラーゴはエレガントで華奢な感じがする。華奢なのは、タンクがダミータンクで給油しにくいことと遠乗りに適してないところからも来ている。高速道路だったらサービスエリア三つ目で給油しなければならない。

購入した時は、遠乗りをする気はなく、街乗りで少しずつ走るつもりだった。しかし、走り出したらどこまでも走っていたい。

自宅から内海に行くときに必ず寄る「ウエルカム」に行く。軽めの食事をして、そのままバイクを走らせる。いつものように知多半島の東側の海岸線から山を越え、今日は一人で内海を目指す。

知多半島の西側は遠くに三重方面が見えるが太平洋だ。そこから連なるところは果てしない遠い世界。離ればなれになってしまう世界。そんなことが過ってしまうのかも知れない。少し怖いのだ。その点、東側は内海で離れていっても誰か助けてくれる。そんな安心感がある。離ればなれになるのは嫌だ。とっさの判断が定番のルートにつながってしまうのかもしれない。

バイクに乗っていると孤独感はない。むき出しの身体なので緊張感が半端ないこともあるが、風の音や街のざわめきが聞こえてきて騒々しいくらいだ。

行って帰って来るだけの道程だが、貴重な思考の時間だ。自分の立位置を絶えず確かめておかないと気が狂いそうだ。


ケイコと「あさくま」に行く。「あさくま」は県下に店舗展開するステーキチェーンだ。

「杉森さん、絵の具を溶かしたような感じだね」

ケイコに言われるのは二度目だ。

「どういう意味なんだ?」

ケイコは笑っている。

この間、経理の女の子が話しているのが耳に入ってきた。

「喫茶店の前で待ち合わせて、走って行くんだって」

わたしの耳にも入るくらいだから、ケイコの耳にも当然入っているのだろう。別にバレたって構やしないが、会社の駐車場ではまずい、なぜなら職場の続きだからと、妙な理屈を押し通している。ケイコは何も言わない。黙ってついてくる。

「わたし、会社辞めるかもしれない」

特に驚かなかった。こうしてまた会えばいい。会社のやつに何か言われるのはもう嫌だ。ケイコも別段、深刻な様子はない。わたしとこのままやっていこうと思っているかどうかは未知数だが、他の目を気にしている様子はない。

平日の夜なので、店は比較的空いている。久しぶりにケイコとゆっくり話しながら食事をした。

「あさくま」のハンバーグは、じゅうじゅうして、油が飛び跳ねている。ケイコは絶叫しながらも楽しんでいる。ケイコの笑顔が好きだ。

それからわたしたちの関係はしばらく、とくに波風もなく続いていた。どちらかが電話したり、たまに食事をしたり。周りはほとんど気づいていて、露骨に私たちを見るようになってきた。しかし、わたしは反対に次第に周りが見えなくなってきている。

あるものは嘆息し、あるものは嘲り、
ある時に驚嘆し、羨望し、
ある時に腹を抱えて笑う。
憧れも抱腹絶倒も同じことなのだ。
個を理解するということは、その裏返しを学習するということ。
下手な混乱はこういうところから起こってくる。

二月二十四日。湾岸戦争は地上戦に突入した。

「わたしって、ひねくれてるね。本当だったら泣いて嬉しいはずなのにね。こんなガキにこんなに手こずるとは思わなかったでしょう」

時に、こんな風に空から言葉を投げかけている。もはや地上戦なのだ。そんなことを言っている場合ではない。

次の日。ケイコの調子が悪い。一緒に岡崎市民病院に行く。まさかイラクの地上戦は関係ないだろうが。

「今日はわたしのアッシーくんになっちゃったね」


それから三日間、ケイコは会社を休んだ。

三日目の夜、ケイコを岡崎市民病院に迎えに行く。

「ごめんね」

夜の病院をこうして二人で歩いていると夫婦に見えるだろうか。

「たいしたことないわ」

「月末でお仕事忙しかったでしょう」

わたしは首を振った。給与計算などどうでもいい。ケイコのためなら給与など払えなくたって構やしない。


ケイコは大事をとってもう一日会社を休んだ。

ロッカーに戻ると、メモが置いてあった。

スギモリ様
初めまして　お出しします。
きおつけてください　マチムラ先輩は
病気（性病、梅毒）にかかっています
過去に　流産　されています
―スギモリ様　一、ファンより―

何のことやらわからなかった。わたしの頭の中はケイコのことで一杯だ。

会社では良くあることなのだろうか。

今日で二月は終わる。湾岸戦争は停戦した。

「どうして、わたしなんかに……夢を見ているような気がする」

病み上がりのケイコはやけに謙虚だ。こちらが病気になりそうだ。


ケイコとは会社で会い、夜、電話する。

会社は三月末で辞めるそうだ。

「そんな風に言ってくれたの……そんな風に好きになってくれたならいいよ」

ケイコはまだ熱にうなされている。まともに聞くには少し早い。

しかし、わたしはとても心地良い。ずっとケイコの微熱が続いてくれたらいい。


それから一週間。ケイコから電話があった。

どうやら微熱は醒めてしまったようだ。


ケイコと「ルーラルハウス」に行く。

ケイコは迷っている。

「髪の毛が黒いのに、目だけ茶色だったり、緑だったりするんだね」

ケイコは良くわたしの容姿を口にする。その度に気持ちがわからなくなる。わたしから何か発見したいのか、煙に巻きたいのか。何かを捜したいのか。何かを求めているのか。

「さよなら、って変だよね」

わたしは答えに詰まった。わたしたちの恋は入口で塞がれていた。何度もこじあけようとしたけれど、こじあけさえすれば、清流に身をまかせれば流れに乗っていくはずだったけれど、いつもどちらかがブレーキをかけてしまう。

明日からはもうケイコはいない。現実的に会社にも来ない。足許の濁流がついに大きなうねりとなって姿を現したのだ。まだ現実が受け止められない。


夜、ケイコに電話した。

三十九分三十四秒。

二人の時間は終わった。五ヶ月前に出会って、わたしは恋をしたのだ。

つきあってもいない二人は別れたことにもならないが、あまりにも濃密な時間だった。

これからケイコはどうして生きていくのだろう。思い出は巡るが実感がない。わたしの二十九歳の冬とケイコの二十歳の冬がここで交錯したのだ。ケイコはまだ若い。大学生だったら、三年生だ。まだまだこれからも進路に迷い、壁にぶつかり、成長していくのだろう。出会いを繰り返し、人生に色彩りを加えていくのだろう。わたしはどうしていくのだろう。二十九歳の冬は若くない。進路に迷っている余裕はない。そう考えればわたしの方が真剣だったはずだ。本当に真剣に恋をしたのだろうか。後悔がないと言えば嘘になる。まだ自分の人生の総括はできない。二十九歳の冬を受け入れるしかないのだ。

第三章　季節の終わり

　ケイコとそれから会ったのは十五年後だ。わたしは子どもを連れて知立のスイミングスクールに来ていた。ここはもともと東刈谷にあったのだが、手狭になったので移転してきたのだ。毎週土曜日の決まった時間に二人の子どもを連れて来た。それぞれ通う時間割が違うので二コマ分をそこで過ごす。

　ふと遠くを見たら見覚えのある顔があった。彫りの深い横顔で目元が少し落ち窪んでいる。まさか、とは思ったがケイコの地元には違いない。しかし、あれから十五年経っている。人違いだろうと思った。いくら何でももうここにはいないだろう。彼女の人生の経過としてここに留まるとは思えなかったのだ。

わたしはできるだけそちらを見ないようにしていた。しばらくして、意識の中から彼女が消えかけた時、終了時間になった。親たちは観覧席からロビーの方に移動する。そこに子どもたちが更衣室から着替えをして出てくるのだ。親たちが集まった時、ふと横を見たら見覚えのある少し落ち窪んだケイコの目が認識できた。

あっ、と思わず声をあげそうになった。ケイコはずっと子どもたちが出てくる更衣室の方を見ている。どのくらいの時間そうしていたのだろう。わたしの中で長い時間をかけてケイコに話しかけてもいいかどうかと自問した。しかし、実際は数分のことだろう。

わたしは無理だと思った。

ケイコはそれを見計らったように子どもの方に移動した。

それから何度かそんな遭遇を繰り返した。しばらくして、ケイコは来なくなった。子どもの時間が変わったのか、辞めてしまったのかわからない。わたしのことがわかっていたのかもわからない。

一度も目を合わすことはなかった。わたしは敢えてそうしていたのだが、ケイコはどうだかわからない。すれ違っても目を合わすことはなかった。もちろん、ケイコをチラっと見ても目が合うことはなかった。現実的に家庭があり、行動をセーブしたという気持ちは確かにあった。

だからといって、一言ぐらい言葉を交わしてもよかったはずだ。もしかしたら、昔、会社で一緒に仕事をしていた人だよ、と家族に紹介してもよかったはずだ。わたしの中で絶対に絡んではだめだと思っていたわけではない。

これで良いのだろう。しかし、少なくともケイコは絶対に絡んではだめだ、と思っていたような気がする。絡ませない何かを持っていた。わたしと一緒にいた頃のオーラ全開でそれを伝えてきたような気がするのだ。はっきり見ていたわけではないが、ケイコの子は男の子で、うちの上の男の子と同じくらいの年齢のようだった。

わたしはあれから購買という資材を調達する部署に異動し、すぐに労働組合に引っ張られて、忙しく会社生活を送っていた。ケイコのことは忘れるはずはないのに、何故か記憶から消えてしまっている。わたしが結婚したのはあれから八年後だ。ケイコも八年、様々な人生を生きてきたのだろうか。ケイコの地元で会うということは、ケイコはまだあの家に居るのだろうか。いろいろな思いが遠い記憶として甦る。

時間を待ち合わせたら、今も時間通りにケイコはあの家から出てくるのだろうか。それは確かめようがない。確かめてはいけない。時間は過ぎた。

ミサエの幻影を藤浪駅で追ってから三十三年。わたしは還暦を超えた。ミサエも年をとったはずだ。

*

あの時と同じように西尾張中央道を一宮から南に下る。美和町民プールは見当たらない。現在のあま市役所から北へ少し行ったところのはずだ。図書館があり、グラウンドが見える。グラウンドはそのままだ。横にクラブハウスがあり、トイレも綺麗に整備されている。グラウンドの隣に町民プールはあったはずだった。立派な建造物が建っている。あま市学校給食センターと書いてある。グラウンドのすぐ隣にプールへの入門口があって、グラウンドへも自由に出入りできたはずだ。今はしっかりフェンスで囲ってあり、完全に別施設であることを無言の意思で示している。

そして、入門口を入ってすぐ左、すなわちグラウンドに近い側に監視員室があり、わたしとミサエはそこにいた。今のようにスマホで簡単に写真が撮れたらバシャバシャ撮っていただろう。しかし、当時は記憶の中にあるだけだ。証拠写真など一枚もない。意地の悪いやつがいたら本当にそんなことがあったのか、とニヤニヤしながら問い詰めるだろう。

監視員室を出るとシャワーがあり、ちびっこプールがあった。このちびっこプールに消毒用の塩素を入れすぎてしまい、ヒヤヒヤしながら見守った記憶も甦る。そして、二十五メートルの大人用のプールがあり、監視員がローテーションで見守るのだが、時間ごとに持ち場を変えていく。監視員はいつでも飛び込めるように水着着用だ。当時のバイトの子たちの様子が脳裏に浮かぶ。しかし、顔が思い出せない。バイトの子たちはわたしたちのことをどう見ていたのだろう。噂話は一度も聞いたことがなかったが、話のネタになっていたのかもしれない。その場所も今は学校給食センターとグラウンドを隔てる通路になっている。濃密な空間がスッカラカンだ。

敷地のほとんどが巨大な角形の建造物で覆われている。ちびっ子プールも二十五メートルプールも跡形もなく消えている。プールの周りにあった駐車スペースも全て建物の中だ。まるでわたしの記憶を覆い隠すような設計になっている。あまりの堅牢ぶりに、それはないなと膝が震える。ミサエとの思い出を木っ端みじんに踏み潰すような佇(たたず)まいだ。周りをぐるりと回ってみても、思い出の隙間も見つけられない。しかし、その時間は確実にあったのだ。三十三年前のあの時にわたしたちはここにいたのだ。

夕闇が迫り、思い出からも退出時間を告げられているようだ。真っ暗になる前に行かなければならないところがある。

わたしはそのまま西尾張中央道を南に下った。そこからすぐ「蟹間町新田」の交差点がある。昔はここに来ると「ＩＳＵＺＵ」の大きな看板が見えたが今はない。右に曲がれば一本道だ。思い出の大通りを西へ走る。交差点を曲がってすぐ「世界平和統一家庭連合」の建物がある。こんなところにあっただろうか。

それからしばらく走って行くと、二車線が一車線になる。これはあの頃のままだ。道はアップダウンを繰り返す。平地の多い西三河ではあまり見られない。ミサエを降ろした自宅前に近づいて来た。藤浪駅のすぐそばだと思っていたが、歩くと結構距離がある。ミサエはここで降りたのだ。木造二階建ての自宅が見えるこの位置でいつも車を降りたのだ。そのまま自宅に入っていったと思ったところに細い路地があり、ミサエはそこを通って家の中に入っていったのだ。木造二階建ての家は、今は道路との間に建物ができて完全には見えない。

わたしはそこから車を移動させて、藤浪駅手前の細い道を左折して、初めてミサエの家の南側に回った。ミサエの家は南側からすぐには入れない。そこから路地を北に入ったところにある。つまり、ミサエを降ろした路地と合流するところにミサエの家の入口があるのだ。ミサエはここからどんな気持ちでプールに通っていたのだろう。行きはいつも電車で来ていたのだ。ここから藤浪駅までどんな気持ちで歩いていたのだろうか。

　わたしは車から降りて、その路地をミサエの家の方に向かった。そんなことをしてはいけないことはわかっている。しかし、頭はまるで置いてけぼりで体が勝手に動いていく。ダメだ。はじめてミサエの家の前に立った。「内田」と電灯式の表示が消えかかっている。郵便受けがあるが、家族の名前は書いていない。

　ミサエはここにいるのだろうか。体は勝手に確かめようとしている。あれだけ濃密な時間を過ごしたわたしたちだ。それぐらいの権利はあるのだと体はズンズン進んでいく。ダメだ。さすがに急停止した。それはダメだ。絶対にダメだ。門前で立ち止まったまま、頭の中だけで駆け巡った。わたしはとても卑怯な人間だ。人目につかない薄暮をわざと選んでいる。

「ミサエ」

　心の中で呟いた。ミサエのサにアクセントをつけて言うとミサエはいつも面白がって笑い転げる。もう一度、その言い方で呟いてみる。ミサエに届いているのだろうか。

　目の前の木造二階建ての建物には明かりがついている。人がいることは確かだ。そこにミサエはいるのだろうか。体を必死に頭が押さえつけている。何があっても行ってはならない。薄暮といっても人影は認識できる。頭はどこか冷静だ。もうタイムリミットだ。もうよそう。

ミサエはまだそこにいる。そんな気がした。

わたしは路地を南に急いだ。わたしは卑怯な人間だ。何度も呟いた。何度も恥じた。

車に急いで乗り、すぐ発車した。ミサエが歩いて通った藤浪駅まで車ならすぐそこだ。藤浪駅は高架式の最新の面構えをしていた。どこからでも入れそうな駅だったのに堅牢な鎧で固められていた。町民プールと同じだ。時代が経つと堅牢に無機質になっていくのか。それは違う、と思いたかったが目の前に写るものは皆そうだ。こんな高架式では線路を走れやしない。わたしは駅を見上げただけで近づくのをやめた。ここはまったく見た通りだ。世の中は変わったのだ。北側にロータリーがあり、送迎の車が停まっている。昔からそうだったのだろうか。それは確かめようがない。過ぎ去った姿は誰も確かめることなどできない。

三十三年も前なのについ昨日のことのようだ。記憶の中の現実が生きる糧になっている。悲しく、切なくもあるが、今の自分がどうこうできるものもない。ミサエの家の門前で立ち止まっている自分が現実なのだ。それ以外の何ものでもない。次の瞬間も明日もやってくる。今の自分に執着して現実の自分を見間違えてはいけない。ありがとう。さらばだ。

*

一九九〇年の夏にミサエと出会い、冬にケイコに出会った。夏が終わり、わたしは何かに背中を押されるようにケイコが住んでいた家のあたりに向かった。背中を押されるというより強烈な吸引力に身を任せているようだ。何故、そんな衝動が突然起こったのかわからない。

ケイコの住んでいた家のあたりは変わったと言えば変わったのだが、変わっていないと言えば変わっていない。同じような家が並んでいる。大体、道のカーブでケイコの家は憶えている。

しかし、カーブを曲がってもケイコの家は現れない。門柱の向こうがすぐ石の階段になっていて、少し高くなったところに玄関がある。ケイコはいつもそこから時間になると現れるのだ。その特徴のある少し高くなった黒い玄関が見当たらない。車を減速して、注視してみても見当たらない。

何度、同じ所を通っても、特徴のある玄関が見当たらない。

自分のやっていることは間違っている。

しかし、一方で、もの凄い吸引力で、しっかり食らいつけと言われているような気もする。

わたしはくどいほど同じ所を周回した。

どうすれば良いのだろう。わたしは途方にくれた。そのうち日が沈み、家の識別ができなくなってきた。秋の日は暮れ出すと一気に夜になる。ケイコの家が見つけられない苛立ちは感じながらも、どこかこれでよいのだということを体のだるさが教えてくれる。ケイコと会わなくなって三十年以上が過ぎたのだ。スイミングスクールで会った時から数えれば十五年。あの時は確かに子どもを連れていた。ケイコは家に居るという思い込みがあった。ただ自宅を改装してわからなくなっただけかもしれない。ケイコには姉がいると言っていた。お姉ちゃんと一緒にリコーダーを吹いたんだよと言っていた。ミサエと同じように養子を探していたのかもしれない。あの時、おぼろげにしていた事柄を今になって現実として突きつけられている。しかし、その現実がはっきりしたところで何になるのだろう。今のわたしはケイコを求めていないはずだ。

不意に彫りが深く、少し落ち窪んだ目をしたケイコの横顔が過（よぎ）った。ケイコはわたしのことが好きだったのだろうか。一度もそんなことは聞いていない。やけに記憶が鮮明に蘇ってくる。今日は何の日なのだろう。わたしはここで何をしているのだろう。

あたりはもう真っ暗になってしまった。わたしは自分がどこにいるのかもわからなくなった。

注

i　「美和町民プール」はあま市東溝口三丁目百番地。現在はあま市学校給食センターになっている。
ii　愛知県愛西市諏訪町にある、名古屋鉄道津島線の駅。普通列車のみ停車。二〇〇二年高架駅化。
iii　一九八三年公開。金子正次脚本・主演、川島透監督。暴力シーンを伴わないヤクザ映画として高く評価された。
iv　『逃避行』作詞：千家和也／作曲：都倉俊一／編曲：馬飼野俊一／歌：麻生よう子一九七四年発売
v　一九九〇年四月八日に発売された米米CLUBの楽曲で十作目のシングル。
vi　ここに登場する稲沢店は、稲沢にあるので稲沢店となっているが、実際は違う名称かも知れない。美和店も同様。
vii　現至学館大学。
viii　鈴鹿八時間耐久レース。FIM世界耐久選手権の一戦として毎年夏に鈴鹿サーキットで開催される日本最大のオートバイレース。一九九〇年の決勝レースは十六万人の観客動員を記録、さらに大会期間中の延べ入場者数は三十六万人を記録した。
ix　現　日本体育協会公認C級スポーツ指導員。
x　正式には「時間外・休日労働に関する協定届」。労働基準法第三十六条により、会社は法定労働時間（一日八時間、週四十時間）を超える時間外労働及び休日勤務などを命じる場合、労組などと書面による協定を結び労働基準監督署に届け出ることが義務付けられている。

あとがき

この作品は「一九九〇年の恋」というタイトルですが、実際には一九九〇年七月から一九九一年三月まで、そして、その後を綴っています。三河と尾張というくくりの章立てですが、その中の特定の地域が物語の中心です。

この時代を振り返ると、一般的にはバブル真っ盛りで、世の中空前の景気に浮かれていたとなるのでしょうが、人それぞれ置かれた状況によって、この時代の受け止め方は様々だと思います。わたしは丁度、この小説の主人公のように二十九歳で、世の中を見渡すような余裕などはとてもなく、自分の生活にしがみつくのが精一杯の状況でした。しかし、今にして考えてみれば、その当時の店や、はたまた風景なども当然、世の中の流れの中にあったわけで、そんなことを考えながら、ふと周りを見渡すと、もしかしたら、この時、この場所に邂逅していたかも知れない方がいてもおかしくない。その邂逅によって全然違う人生を歩んでいたかもしれない人たちが、このバブルの世相の中で幾人もいたのではないか。

そう考えると、少し身震いを感じ、この時、この場所の邂逅を少しでも残しておきたいという気持ちになりました。個人的にはこの時代が一番、明確に記録を残していたこともあります。自分の年齢とこの時代が、知らず知らずのうちに何か残しておきたいという衝動にかられていたのでしょうか。しかしながら、また記憶と記録が一番隔たりのあった時期でもあります。まさかバブルの世相で記憶までが泡のように浮かれて曖昧になっていたわけではないと思いますが、記録さえも夢の中だったような印象です。記憶と記録の夢芝居がここに綴られた言葉の数々だと理解していただければ幸いです。

そんな私の我が儘につきあっていただいた劉永昇編集長をはじめ、風媒社の皆様には感謝いたします。

この作品を、この時代にもしかしたら同じ場所、同じ時間を共有したかも知れない全ての人に捧げます。

すぎうらとしはる

［著者略歴］
すぎうらとしはる
明治大学文学部演劇学専攻卒。同朋大学大学院仏教文化専攻博士前期課程卒（修士）。現在、愛知学院大学大学院宗教学仏教学専攻博士後期課程在学中。名古屋で演劇活動をはじめ1997年桜樹舎設立。全ての作品を作・演出・出演。代表作「赤いアンブレラ」「勇次Ⅱ」（日本劇作家協会デジタルアーカイブ）2003年桜樹舎活動休止後、役者として年5～7作品に出演。日本劇作家協会会員。真宗大谷派僧侶。家業は梨農家。

装幀　澤口環

1990年の恋

2023年7月22日　第1刷発行　（定価はカバーに表示してあります）

著　者　すぎうらとしはる

発行者　山口　章

発行所　名古屋市中区大須1-16-29
振替 00880-5-5616 電話 052-218-7808　風媒社
http://www.fubaisha.com/

＊印刷・製本／モリモト印刷　乱丁本・落丁本はお取り替えいたします。
ISBN978-4-8331-2118-7